悲傷
是這樣誕生的

The Garden of Sorrows

約翰．休斯 John Hughes ——著

李堯——譯　馬曉羽——繪

目録

作者序 7

譯序 10

悲傷是這樣誕生的……15

The Making of Sorrow

鱷魚卡奧斯開始哭泣，就在那淚珠落地之時，狂風大作，電閃雷鳴，吞沒了那個披甲戴盔的猛獸。他在自己製造的洪流中沉浮，被悲傷淹沒。

知識之樹……31

The Tree of Knowledge

鴨嘴獸黑帝斯不喜歡自己。矮胖、外八字，扁平的嘴像膠皮似地耷拉著。要是能改頭換面，她願意付出任何代價。

琴鳥奧菲斯從來沒有想過，模仿隱藏著巨大的危險。因爲模仿會破壞事物原來的結構，讓已經固定不變的東西，在無形之中重新排列組合。

海龜崔克爾懂得時間的奧祕。當周圍所有的動物從生到死，都匆匆忙忙在巢穴間奔走的時候，只有她揹負沉重的殼，一代一代丈量著流逝的歲月。

袋貂普羅米修斯烏黑的雙眼充滿幽怨，眺望著這個星球最黑暗的角落，生了根似地永遠站在他跌落下來的那個地方。

第一個漂泊者……87
The Origin of Exile

信天翁阿瑟緹絲熱愛飛翔，她無法打消這個念頭。她別無選擇，和她的影子一起飛翔。這個影子劃過天空，飛向海洋，像一滴血汙，在陰鬱的水面上漂浮。那是她的身影，她的伴侶。

戰爭的起源……103
The Origin of War

我是納克斯，袋鼠之王。我力大無比，在這塊土地上誰都無法和我相比。我出生的時候，就有人預言，沒有任何動物能取我的性命。我戰無不勝。

建築的誕生……113
The Birth of Architecture

斯平德爾是所有蜘蛛的笑柄。她已經快滿一歲了，卻還沒有學會織網。然而，不管她怎麼悲嘆自己的命運、抱怨這個世界，母親都不肯告訴她織網的祕訣。

農業的誕生……159
The Birth of Agriculture

無尾熊卡瑪不喜歡打架。他的心也許想爬上高高的樹梢，但他的身體仍然固守在下面的樹枝上。那樹葉很苦，不過吃起來並不麻煩。奇妙的是，當其他無尾熊從他身旁掉下去時，那樹葉好像突然之間變得很甜。

伊卡魯斯的墜落……169
The Fall of Icarus

大白鯊伊卡魯斯有個毛病：他總是拿不定主意。當他環遊北海大陸棚時，對什麼都視而不見，心裡只想著南海溫暖的水。他是這世上最了不起的旅客，卻沒有從這壯遊中感受到一丁點快樂。

勝利之謬……179
The Paradox of the Champion

綠螞蟻阿基里斯最喜歡打仗，卻總是找不到合適的對手。從出生起就是這樣。他個子太小，誰也不把他放在眼裡，就連他的影子也很小。

作者序

澳洲是個很奇妙的地方，它彷彿是依靠對其他地方的想像而存在。這不僅是因為澳洲有著十分獨特的「移民史」，更因為自從兩百五十多年前歐洲人踏上這塊土地開始，想像就在這裡落地生根。

澳洲人出生在這裡，卻想像自己置身亞洲、歐洲。我們讀他們的歷史，學習他們的文學。生活在這裡的人和別的地方的人不同，我們的思想不是源自對這塊土地的想像，而是源於對遙遠國度的想像。這塊美麗的土地被發現之前，澳洲就是歐洲人想像中的一塊未知的南方大陸。可是兩百五十年的「殖民史」並沒有讓歐洲人早已落地生根的想像完全開花結果。這不只是因為季節顛倒，氣候不同的緣故，而是因為這裡的奇花異草、珍稀動物、自然景觀，一切都跟我們祖輩所經歷過的現實生活產生「錯位」——甚至在夢中也是如此。

我寫這本書的宗旨就是捕捉這種令人眼花撩亂的「錯位」，創造出一個全新的空間，讓早已落地生根的想像綻放美麗的花朵。我採用了歐洲最古老的說故事傳統——希臘神話的傳統，在最不可思議、最充滿異國情調的背景下，鋪展開一個個傳奇故事。如你所見，故事中的人物大都借用了希臘神話人物的名字。他們的命運和神話中人物的命運不無相似之處，我把他們移植到澳洲動物身上，賦予新的意涵。我在撰寫本書的時候，還特別研究了澳洲原住民的文化傳統。因為最早歌頌這塊古老土地的，只有在這裡繁衍生息的原住民。他們的文化源自澳洲的江河大漠，他們以殖民者永遠無法學會的方式創造出燦爛的文明。本書嘗試融合這兩種說故事的傳統，結合希臘神話人物的名字和澳洲的動物，創造出一個個全新的現代寓言。衷心希望中文世界的讀者能接受這種融合，喜歡這些寓言。

約翰．休斯

二〇一五年二月八日，寫於雪梨

譯序

二〇一四年四月，我應邀到雪梨大學訪問期間，著名翻譯家梅伯爾・李（Mabel Lee）教授向我推薦了澳洲作家約翰・休斯（John Hughes）和他出版不久的新書《悲傷是這樣誕生的》（*The Garden of Sorrows*，2013）。

約翰・休斯生於一九六一年，在澳洲文壇雖然還算不上影響深遠的作家，但也一枝獨秀。他的第一本書《家的念想》（*The Idea of Home*），獲二〇〇五年「新南威爾斯州總督文學獎」（N.S.W. Premier's Literary Award）、二〇〇六年「澳洲國家傳記文學獎」（National Biography Award）；第二本書《另外的人：虛構故事集》（*Someone Else: Fictional Essays*）獲二〇〇八年「阿德萊德藝術節創新獎」

和二〇〇八年「昆士蘭總督文學獎」(Queensland Premier's Award);第三本書《遺跡》(*The Remnants*)二〇一二年由西澳大學出版後也得到廣泛好評。除此之外，他還寫音樂劇，其中《無題》(*Untitled*)於二〇〇二年「亞洲音樂舞蹈節」期間在雪梨歌劇院上演，好評如潮。但是休斯說，迄今為止，他最寄予厚望的是《悲傷是這樣誕生的》。

這本書雖然部頭不大，卻是休斯經過多年來的苦思冥想、精心打磨，將希臘神話中的人物與澳洲動物揉合而成的「新時代寓言」。他非常希望我能翻譯成中文，介紹給中文讀者，更想聽聽中文讀者對這本他寄予厚望的新書的看法。因為在他看來，這本書是一個創新，是他心血、汗水、智慧的結晶。及至讀完全書，我不但被休斯的才情與熱情感染，更被這本「新時代寓言」深刻的內涵打動。因為展現在我眼前的是一幅幅充滿異國情調、絢麗多彩的圖畫。畫中那些被擬人化的珍禽異獸個個栩栩如生、性格鮮明，用他們的傲慢、狡黠、天真、善良、凶狠、冷酷，演繹出一個個耐人尋味的故事、詮釋了「新時代」人性中的真善美與假惡醜。

更難能可貴的是，這位生活在澳洲、深諳西方文化傳統的年輕作家，將我們耳熟能詳的希臘神話人物普羅米修斯、阿基里斯、阿瑟緹絲、愛可、黑帝斯的精神與秉性，移植到對大多數讀者（包括西方讀者）而言尚且陌生的澳洲特有動物身上（無尾熊、鴯鶓、毛鼻袋熊、蜥蜴、袋鼠……），不但讓人耳目一新，而且讓我們對歷經歲月磨蝕、山河巨變，卻未曾消滅的人性光輝與黯淡，產生深刻的思考與自省。或許從憨態可掬的無尾熊和狂妄好戰的袋鼠身上，我們能夠找到自己的影子。因此作者說，這本書不但是寫給兒童看的，也是寫給成人看的。

寫作本書的過程中，作者還鑽研了澳洲原住民的傳說與民間故事，從中汲取了豐富的養分，使得這些寓言色彩更加瑰麗。這本書原著的文字清新優美。作為譯者，我也盡己所能，用盡量符合原著風格的語言，呈現給讀者，希望大家喜歡。

李堯

二〇一五年二月二十五日凌晨，寫於北京

※編按：本書所加注解皆爲編注。

悲傷是這樣誕生的

The Making of Sorrow

卡奧斯變成第一個人，眼睛裡有一滴永遠不會乾的淚水。

卡奧斯[1]從來沒有傷害過任何人。剛生下來的時候，他肚子裡就已經裝滿他所需要的食物。可是有時候，卡奧斯覺得食物不夠。他的本性就是身在福中不知福。於是，卡奧斯開始學習。

潮水漲落的河口，有一片片紅樹林沼澤地，鱷魚都潛伏在那兒。卡奧斯對於自己既能在陸地生活、又能在水裡生活的本事相當自豪。他什麼都不怕：他從沒聽說過鱷魚會死，他已經活了一百歲，足足有十公尺長。在漫長的雨季裡，他有時會像渡船一樣，馱著野狗穿過暴漲的河水。十條首尾相接的野狗都站不滿他那披甲戴盔的背脊。人們經常看見他在泥濘的河岸曬太陽。他的第四顆牙齒特別大，從緊閉的嘴巴裡露出來，人們看了不但不害怕，反倒覺得很漂亮，就像一塊完美無缺的風化石。

---

1 Kaos：此處作者一語雙關，因為「Kaos」音近「Chaos」，鱷魚名字的寓意呼之欲出，乃指一切世界與概念的開始：混沌。宇宙之初，只有混沌，這是一個無邊無際、一無所有的空間；隨後誕生了地母神蓋亞（Gaia）、地獄深淵之神塔爾塔茹斯（Tartarus）、黑暗之神埃瑞布斯（Erebus）。世界由此開始。

當太陽把卡奧斯的冷血曬得滾燙，他就趕緊爬下滑溜溜的河岸，扁扁的尾巴拍濺著泥水，整個身軀潛入河水之中，只露出一雙眼睛和長長的鼻子，在水面上漂浮好幾個小時，看著太陽慢慢劃過天空，來河邊喝水的動物們會微笑著向他打招呼。他們一邊聊天，一邊等天涼下來。他心想，要是沒有那樁麻煩事，光是活著就能讓你像烏鴉那樣高興得呱呱叫。

每天快到正午時，卡奧斯便昏昏欲睡，懶得閃躲烈日，他直接張大嘴巴，讓熱浪從肚子裡奔湧而出。這時候，就會有一群小飛蟲發出嗡嗡聲，在對流的空氣中盤旋著，突然間聚集在卡奧斯的舌頭上，幾乎把這條可憐的鱷魚嗆死。他拚命咳嗽、打噴嚏，直到把那些討厭的玩意兒從嘴巴裡清除掉。可是，日光浴帶給他的寧靜也隨著那些小飛蟲一起消失殆盡。多年來，他一直想除掉這些小壞蟲，他甚至在牙齒之間掛了一張蜘蛛網，可是沒用。那就像想用這張網捕捉陽光一樣徒勞。

後來，有一天，有隻短翅鴴[2]在鱷魚頭頂的一根樹枝上駐足，大聲叫喊了起來。那聲音足以驚醒一塊石頭。「我已經觀察你好幾個星期了，」她盡量壓低嗓門，但說話聲還是把樹葉震得沙沙作響，「我可以幫你。」

卡奧斯朝那隻小鳥抬起頭，張大嘴，一邊說話，一邊把鑽進嘴裡的小飛蟲吐出來。「你怎麼有辦法幫我？」他輕蔑地說：「瞧你小不拉嘰的，看看我，我有多大啊！」

短翅鴴從樹上飛下來，不等鱷魚說話，就在他的舌頭上跳來跳去，伸出尖尖的喙，大口大口地啄食那些小飛蟲。僥倖沒死的飛蟲嚇得連忙逃竄，像一陣輕煙自卡奧斯的嘴裡飛衝而出。卡奧斯高興得渾身顫抖，小鳥一邊跳舞，一邊替鱷魚的舌頭搔癢。

「好吧。」卡奧斯大口大口喘著氣，努力不讓嘴巴闔起，希望能控制住身體

---

2 spur-winged plover，經常幫尼羅鱷清理牙齒的一種鳥。

的顫動。「你說的沒錯。如果你願意，你可以幫助我。」

小短翅鴴從鱷魚黑洞洞的嘴裡跳出來，心滿意足地看著他，一動也不動，只有喙下方的黃色嗉囊[3]輕輕晃動。「你已經同意我的建議了，」她說，「我唯一的條件是，我在你嘴裡的時候，你得答應我千萬不要闔上嘴。我必須看到天空。」

「沒問題。」卡奧斯笑著說，滿肚子都是小鳥帶給他的快樂。一想到躺在陽光下，不受任何人打擾，只有小短翅鴴在嘴裡跳來跳去，尖尖的爪子不停地抓撓舌頭，他就高興得不知道如何是好。

隨後的兩個星期，每天中午，小鳥就飛進鱷魚的嘴巴，直到吃得心滿意足。卡奧斯爬在熱呼呼的地上，蹭著肚子，懶洋洋地嘆口氣，覺得特別愜意。有時候，如果嘴張開的時間太長，累了，他會不由自主閉上嘴巴，小鳥就會用翅膀

3 鳥類及昆蟲類消化器的一部分。上接食道，下連砂囊，呈囊狀，為食物暫停之處。又名「嗉道」。

使勁地戳這位「宿主」的上顎，提醒他自己還在他嘴裡呢！小鳥除了怕看不見天空，其他什麼都不怕。

但是後來，出了大事！有天下午，小短翅鴴用翅膀拍打著卡奧斯的上顎，想往外飛時，因為歸心似箭，沒等鱷魚的嘴巴完全張開，就硬往外闖，結果胸膛碰到鱷魚鋒利的牙齒上。小短翅鴴十分生氣，大聲斥責鱷魚傷了她。回家之後，她臥床休息，直到血不再流淌。這時候，她沒有多想，也沒有再回頭看看鱷魚身上發生了什麼變化。其實，就像夜色籠罩了這條巨大的鱷魚，卡奧斯已經完全變了個樣了。小短翅鴴不知道，陽光明媚的世界已經從卡奧斯的生活中永遠消失了。他的腦袋變得非常興奮，整個身體不由自主地顫抖。小短翅鴴滴在他舌頭上的血，讓他發狂了。

一百年來，他頭一次吃東西。他先吃自己打滾過的泥巴，然後吃石頭、沙子、草葉、灌木和花兒。他非常貪婪地啃著樹幹，模樣十分可怕，發出的叫聲能把血液凍成冰；當他看著別的動物，目光變得凶狠，任誰見了都會嚇得腿發抖。然而，沒有東西能滿足他這種奇怪的新欲望，也沒有任何東西能消除他嘗過小鳥鮮血之後心裡那種空蕩蕩的感覺。他必須吃掉她，全部吞掉，一點都不剩，否則他就得死。

第二天早晨，他已經無法忍受那種煎熬了。太陽好像怎麼也爬不到半空中。彷彿過了好長好長時間，卡奧斯才聽到他的小小朋友尖叫著飛來的聲音。說來簡直讓人難以置信，鱷魚又像平常一樣，張開血盆大口。一群小飛蟲飛到他嘴裡的時候，鳥兒也飛了進去。小鳥雖然像往常一樣，在他舌頭上跳來跳去，卻不再像抓癢那般讓這隻巨大的鱷魚感到舒服。相反的，一種撕心裂肺的渴望折磨著他。他想哭，卻又祈禱這種痛苦就這樣持續下去。

不過，那只是一兩秒鐘的事情。轉眼間，鱷魚可怕的大嘴像個鋸齒狀的陷阱，牢牢關上。無助的小鳥被困在裡面，拍打著翅膀，拚命掙扎。可是小鳥越掙扎，鱷魚越憤怒。他跌跌撞撞游回河裡，像一圈線圈，不停繞著自己心靈的空洞旋轉，然後把那隻可憐的小鳥一口吞了下去。再浮出水面時，他筋疲力竭，但心滿意足。他神情迷亂，全然沒有注意到河岸上的動物見了他都發了瘋似地四處逃竄。卡奧斯變成了惡魔。

那天晚上，小短翅鴴沒有回巢，她的伴侶飛到河邊，想弄清楚出了什麼事。他聽見澳洲鶴、袋鼠、毛鼻袋熊、野狗、儒艮[4]和澳洲肺魚正壓低嗓門聊天，言談中充滿恐懼。他們說，小短翅鴴被紅樹林裡最文靜的動物——大鱷魚——活活吃掉了。他無法相信自己的耳朵。直到暮色降臨，他才明白，那些還沒有孵出來的小寶寶永遠見不到媽媽了。痛苦像嚥進肚子裡的一塊石頭，心情像滿天烏雲般灰暗，他拍打著沉重的翅膀飛回冷冷清清的窩，用眼淚溫熱三顆鳥蛋。

4 一種海洋哺乳動物。

整整一個夜晚，就連在睡夢中，他也要看看那幾顆蛋。可是醒來之後，他發現自己窩裡的蛋和睡夢中看到的蛋不一樣。不知道為什麼，他突然覺得，不找到那些蛋，永遠無法安寧。

連續好幾個星期，他跑到他認識的那些動物的窩裡尋找，可是一直沒有找到夢裡看見的那種蛋。就在徹底絕望的時候，他看見鱷魚卡奧斯藏在河口的一片黑暗之中，目不轉睛地盯著搖搖晃晃向他走來的毛鼻袋熊。毛鼻袋熊嘎吱嘎吱踩著地上的枯枝落葉，完全沒有發覺危險就在眼前。短翅鴿心裡有一種強烈的欲望，想要做點什麼，但究竟要做什麼又說不清楚。情急之下，他朝那個笨頭笨腦的毛鼻袋熊大叫一聲。小傢伙聽了拔腿就往窩裡跑。卡奧斯抬起頭，看了一眼短翅鴴。因為害怕，短翅鴴黃色的羽毛顫抖著，發出彩虹般的光輝。鱷魚微笑著，張開大嘴打了個呵欠，慢吞吞地向河邊的泥沼爬去。就在那一刻，短翅鴴才想到，他一直沒去找這個惡魔生的蛋。

誰都知道鱷魚的老窩在哪兒。在他嘗到朋友的鮮血之前，他一直住在河邊大夥兒最愛去的地方。現在，短翅鴴發現他的蛋就藏在河岸下方陰暗潮濕的巢穴裡。這幾個蛋正是他夢裡看見的那種蛋。剎那間，夢境又回到眼前，他知道該怎麼做了。

他把那些蛋一個一個搬回家，還替它們建了一個和自己家一樣的窩。完成這任務之後，他找到那個懶洋洋的惡魔。「喂，卡奧斯，」他尖叫著說，「過來，我有東西要給你看。」

「什麼東西？」鱷魚問道。他很好奇，也很生氣，因為短翅鴴打攪了他。「但願是個好東西。我肚子又餓了。」

「那你太走運了。」小鳥尖叫道。他看見鱷魚巨大的身影向他爬過來，大張的嘴巴像一個黑魆魆的洞。「你今天吃了什麼？」

自從第一次嘗到血的美味，過去的三天裡，他碰到什麼就吃什麼，可是再也沒有當初那種對小鳥的渴望和吃完之後的滿足。他有時候雖然一整天都在吃，卻還是覺得肚子裡空空如也。他心裡很煩。因為這種「空空如也」總是讓他有種無法滿足的感覺。他彷彿覺得，就算把整個地球都吃了，也填不飽肚子。然而，即使如此，他還是喜歡這種感覺。此刻，當他的身影籠罩住這隻小鳥的時候，欲望之火又燃燒起來。也許這一次他終於可以心滿意足了。

「什麼都吃了，」他壓低嗓門，用一種威脅的口吻說，「就是沒有吃像你一樣的小鳥。」

短翅鴴等鱷魚閉上嘴巴之後，猛地飛下來，結結巴巴地說：「別著急，你想吃的不是我。」他在鱷魚灰綠色的大嘴周圍吱吱喳喳上下翻飛。「你想吃的是這些蛋。現在它們對我來說已經沒有用了，就送給你當禮物吧。證明你我之間沒有仇恨。你是我的……」

鱷魚沒等小鳥把話說完，就朝那些蛋撲過去，一邊狼吞虎嚥，一邊發了瘋似地拍打著尾巴。

「等一等！」短翅鴴尖叫著，覺得一陣暈眩，沒想到鱷魚這麼好騙。眼前的情景很可怕。「那不是我的蛋，是你的！」

最後一顆蛋在鱷魚的大嘴裡碎裂，落到地上。破碎的殼裡，一條小鱷魚已經被父親的利齒咬成兩截，像蟲子一樣無聲無息地蠕動著。鱷魚萬分驚訝地閉上嘴巴，無法相信這可怕的一幕。「你到底對我做了什麼?!」卡奧斯對已經飛上天空的小鳥大聲哭喊。

鱷魚開始哭泣，起初聲音很小，似乎花了好長時間才凝成一滴眼淚，像露珠一樣順著皺巴巴的嘴巴和鼻子流下來，落到地上。然而，就在那淚珠落地之時，狂風大作，電閃雷鳴，淚雨傾盆，洪水奔湧，浪濤滾滾，吞沒了那個披甲戴盔的猛獸。他在自己製造的洪流中沉浮，被悲傷淹沒。

什麼都逃脫不了命運的安排。

洪水退去，嚇壞了的鳥兒和其他小動物一起從樹梢和懸崖邊上向下張望。他們看見一個身穿黑色長袍、腳蹬灰綠色皮鞋、脖子上像是長了白色嗉囊的人從泥潭中站起。

卡奧斯變成第一個人，眼睛裡有一滴永遠不會乾的淚水。

知識之樹

The Tree of Knowledge

她一無所有，一生都像穿行在光明中的黑暗，
像是鎖閉在我們做的任何一件事情裡的祕密。

黑帝斯[1]不喜歡自己。矮胖、外八字，扁平的嘴像膠皮似地耷拉著。要是能改頭換面，她願意付出任何代價。她沒有一天不在水面上看到自己那副尊容，看到之後，沒有一次不渾身打顫。「我一定是世界上最醜的東西。」她心想，「鳥有翅膀，魚有腮，袋鼠能跳，但我算是個什麼玩意兒呢？」白天，她像個癱瘓的病人，把自己關在家裡，直到夜裡才敢壯著膽子出來。因為那時候沒有投到地上的影子，也沒有落到水中的倒影。在那個黑暗的世界裡，誰也看不到她。黑帝斯變得那麼詭祕，就像影子一般。

有天晚上，暮色降臨的時候，她被一隻鴨子呱呱呱的快樂叫聲吵醒。悲傷又一次襲上心頭。她發現，她在鏡子裡看到的自己只是一場夢。像往常一樣，夢醒之後，什麼也沒有留下。她心裡空空落落，一聲不響地游進窩下面的那條小溪，跟著鴨子的叫聲向前漂流。這便是她與「社會」距離最近的接觸了，不過

1 Hades：希臘神話中的冥王。

總比沒有好。

通常，黑帝斯也只是這樣遠遠跟在鴨子身後，在小溪裡游幾分鐘。她和鴨子之間的差異太大了，令人難以忍受。可是這天晚上，她好像變成自己思想的影子。那一刻，她不再覺得自己是個異類。一縷光，就像一點鬼火，在鴨嘴獸眼裡閃爍。她不再跟在鴨子留下的餘波後面緩緩漂流，而是順應內心無形的召喚，朝鴨子積極追趕。黑帝斯不知道該做什麼，也不知道生活將發生什麼變化，但她將放手去做一件對她而言轟轟烈烈的事情，就像天上落下傾盆大雨一樣。黑帝斯沿著月光照耀的銀色河流，跟蹤著獵物。

她看得出來，鴨子累了。河水裡色彩斑斕的花兒像海底森林一樣輕輕晃動。黑色的小魚在花莖間游動，宛如雲彩投下的暗影在碧波間蕩漾，又像幽靈般一觸即逝。鴨子慢慢游過湍急的河水，又側身游到河岸邊淺灘上密集的蘆葦叢，很快就低著頭打起瞌睡了。黑帝斯耐心等待著，直到確認鴨子已經進入夢鄉。黑帝斯游到鴨子身邊，第一次仔細打量他。她繞著熟睡的鴨子轉了一圈又一圈，

彷彿用層層漣漪織成一張網，抓住那隻可憐的鴨子——在睡夢中想像出來的自己。

先把鴨嘴弄下來。做到這一點並不難，那玩意兒好像就是為了取下，才裝上去的。鴨子甚至連往後縮一下也沒有。黑帝斯把鴨嘴扔到皎潔月光映照的河面上，自己趕快游到前面，然後回轉身，把鼻子潛到水面之下，就像接吻一樣，對準鴨嘴迎上去。天啊！好像她的臉就是為那張嘴設計的，鴨嘴放在她的臉上簡直天衣無縫。更妙不可言的是，一旦裝上去，就再也無法甩掉。鴨嘴獸終於發現她這個物種的祕密：只要碰到另外一種動物身體的某一部分，那部分就會被她「據為己有」。所以，她想讓自己變成什麼樣子，就能變成什麼樣子。

黑帝斯又回到鴨子面前。那傢伙還在睡覺。黑帝斯嘴上水珠閃閃，一副得意洋洋的樣子。不過，一想到自己現在可以隨心所欲，想變成什麼就變成什麼，她就挑剔起來。昨天她還想，只要讓她變成另外一種動物（就算是蝌蚪也好），哪怕只活一天，她也心甘情願。現在可不這麼想了。

她想，鴨子多醜呀！為什麼自己不理智一點，去碰一下雄鷹的嘴巴呢？她伸出腳，從水下使勁踢了一下鴨子。這一踢，正好碰到鴨子腳掌上的蹼。可憐的鴨子嚇了一跳，一下子從夢中驚醒。那是一場噩夢。他夢見自己在早晨的溪水中游著，身上的「零件」都不見了。對於鴨嘴獸，把鴨子弄醒也許是件好事。因為在盛怒之下，她也搞不清楚自己想要鴨子的哪個「零件」。所以還是趕快收手為妙。鴨子落荒而逃，鴨嘴獸也連忙從他身邊游走，鴨蹼耷拉在身體下面，鴨嘴突出在腦袋前方。她越發討厭自己這副長相。

從那時候起，黑帝斯一直活在對世界的恐懼之中。她躲在家裡不敢露面，不再是因為長相醜陋感到羞愧，而是害怕無意中碰到什麼東西。如果一隻蚊子或者蒼蠅落到頭上該怎麼辦？她想挖一條隧道直通地心，或者建一座高塔直達天庭，永遠逃離這個世界。可是她的爪子不夠強壯，而且現在被鴨子黏糊糊的蹼包裹住，沒辦法隨意活動。為了自由，她需要再變一次。但是這一次，她得三思而後行。

其實她大可不必這麼操煩。有天早晨，她正在家門口踱來踱去，屋頂突然塌了下來，一隻很大的毛鼻袋熊掉下來，正好把黑帝斯壓在地板上。原來，毛鼻袋熊一直在上面挖洞。鴨嘴獸當初為自己造窩的時候，把挖出來的土都回填到河岸上，所以隱藏得非常好。毛鼻袋熊做夢也想不到下面還有個洞。

那一刻，這兩個傢伙很難說誰更害怕。兩人相互扭打的時候，黑帝斯長了蹼的腳恰好碰到了毛鼻袋熊的爪子；在他身下翻滾的時候，還黏到了他的毛。黑暗中，毛鼻袋熊以為自己是在和鬼搏鬥。他身體的感覺怪怪的。終於甩開黑帝斯之後，這個笨手笨腳的傢伙又爬回到河岸上。不知怎的，從那一刻開始，他希望太陽永遠不要升起。

然而，在毛鼻袋熊下方的洞裡，鴨嘴獸高興得哈哈大笑。她完全忘記自己剛才引起的混亂、製造的痛苦，腦袋不停磨蹭著胸口的毛皮，溫暖的感覺讓她十分愜意，好像被人抱在懷裡。不過，讓她萬分高興的還不只是身上長了毛皮，真正的寶貝是腳上新長的爪子。她把蹼塞在腳上的肉墊間，接著把爪子結結實實裝了上去。她信心滿滿，再也不用逃離這個世界了。這一次的變形讓她體認到，正確的選擇並非不可能。不過還是要謹慎。她小小的身體還有足夠的空間放上翠鳥的羽毛，也許還可以插一雙蜂鳥的翅膀。這都說不準。她只知道，自己的家已經被毛鼻袋熊踩爛，不會再有更糟的事發生了。於是她開始挖一個龐大的地道網，事實上是一座座迷宮，是泥土之下的一個祕密王國。只有黑帝斯手上有鑰匙。

如果不是一條黑蛇為了尋找安靜的地方休息而爬進黑帝斯的迷宮，她本來可以永遠快快樂樂過日子。她有毛皮，有爪子，有鴨嘴、鴨蹼，什麼也不缺。蛇看不見鴨嘴獸，可是黑帝斯看得見他。以前她從來沒有見過蛇。這次奇蹟般相遇，快樂之餘，她突然覺得身後一陣刺痛。「尾巴！」黑帝斯終於認出那是一條尾巴。「為什麼我以前沒有想到呢？」她從來沒見過蛇，以為那只是一條活著的尾巴。而眼前這條蛇是她見過的最長的「尾巴」，也一定是最好的「尾巴」。她心想，如果自己有這樣一條「尾巴」，最終便能離開這座地下迷宮，堂而皇之地到動物世界裡生活。在那裡，她誰也不怕，堅信自己很美。她猛地撲向那條大蛇，把尾巴裝到自己屁股上的時候，彷彿看到別人羨慕、嫉妒的目光。

那條黑蛇剛吃了許多鴨蛋，又曬了半天太陽，懶洋洋地躺在那兒休息。過了好一會兒，他才意識到這不是一個空窩，裡面還另有其人。現在，害怕也沒用了，他等待著，直到鴨嘴獸撲過去揪扯他盤在一起的巨大身軀。等到足足有水桶粗的身子完全伸展開來，他才意識到，自己已經被困在這個洞裡。不管是誰在揪扯，反正他正被往外拖。蛇將身軀盤到柳樹根上，想穩住自己。他吃了一肚子蛋，又被太陽曬得昏昏沉沉，既沒有力量、也提不起勁做點什麼，當然更談不上反擊。

黑帝斯覺得很累。越往前爬，越覺得拖在身後的尾巴重。她停下來，喘了一會兒氣，然後用盡剩下的那點力氣，拖著「尾巴」繼續往前爬。她覺得那條「尾巴」牢牢黏在身上，擔心用力過猛，把它折斷了。但是魔法主宰了命運，「尾巴」在屁股上文風不動。

黑蛇倒是覺得這場仗打得太輕鬆了，居然盤在樹根上，酣然大睡起來。黑帝斯的焦躁不安反倒與日俱增。起初，她也想睡個好覺，養精蓄銳，找機會展示一下自己這條漂亮的尾巴。可是休息了好幾天，還是拖不動那條尾巴。於是，她開始襲擊它。不但用嘴，還用爪子，想把尾巴從連接處撕下來。鮮血淋漓，可是一點用也沒有。她雖然拚命撕扯，尾巴還是牢牢地黏在屁股上。

這時候，蛇覺得什麼東西的爪子正撕扯著他。那鑽心的疼比飢餓還難受。於是，他放開樹根，轉過身，想看看自己的尾巴尖到底出了什麼問題。這時候才發現一個很古怪的傢伙正在尾巴末端大口喘著氣。「你是誰呀？」黑蛇終於看清了鴨嘴獸，哈哈哈笑著說，「你看起來像吞了一隻鴨子的毛鼻袋熊。你對我的尾巴做了什麼事？」

「你的尾巴？」黑帝斯故作鎮靜，笑著說，「尾巴上怎麼能再長條尾巴？你是我的尾巴。」

「我是你的尾巴？」蛇撇著嘴說，扭動著，直到看見鴨嘴獸那雙眼睛。「我根本就不知道你是誰！」蛇嘶嘶說道，「你是我的！」他一邊說，一邊翹起尾巴摔打可憐的鴨嘴獸。

黑帝斯不知道哪兒是自己的尾，哪兒是蛇的頭，也不知道該如何逃跑，最後被黑蛇可怕的毒牙咬住。「我早該明白，」她嘆了一口氣，毒液在血管裡流動，喉嚨發緊喘不過氣來，「我早該明白……哪天，也從自己身上偷點什麼……」

黑蛇把鴨嘴獸吞到肚子裡。但是他吞黑帝斯的同時，也吞下了自己的尾巴。他越吞，尾巴越短，直到只剩下一張嘴，成了一個不解之謎的犧牲品。像一抹黑影，在林間掠過；像一道月光，恣意流瀉。

黑帝斯變成第一個賊。她一無所有，一生都像穿行在光明中的黑暗，像是鎖閉在我們做的任何一件事情裡的祕密。

悲劇的誕生

The Birth of Tragedy

他無法離開舞臺，內心空空如也，
為他永遠看不到的觀眾，過著別人的生活。

奧菲斯[1]忍不住要笑，哪怕為此付出巨大的代價也在所不辭。天空和大地所有生物至今都還記得，有次他用樹枝搭了個臺子，腦袋卻不小心卡進編好的樹枝裡。換做是別人，肯定會悄悄溜走，可這位奧菲斯把所有能聽見他叫喊聲的人都呼喚過來，讓大家看看他有多傻。因為奧菲斯就是這樣一個願意取悅大夥兒的人。就連棲息在峭壁上的魚鷹，也抵擋不了這高空中的絕唱。

奧菲斯花了將近十年的時間才讓他的音樂臻至完美。如果你仔細聽，就能從他的歌聲中聽出黃色知更鳥、綠色貓雀、大裙風鳥、藍緞園丁鳥[2]（他們特別喜歡藍色）啄樹枝的聲響和展翅高飛的聲音，只是比那些聲音更悅耳。或許你會因此而納悶，是不是模仿就能創造出什麼新的東西？奧菲斯從來沒有想過，

1 Orpheus：希臘神話人物。據說，古希臘色雷斯地區有個著名的詩人與歌手，名叫奧菲斯。他的父親是阿波羅（Apollo），母親是掌管文藝的繆思女神卡萊雅碧（Calliope）。這樣的身世，使他生來便具有非凡的藝術才能。奧菲斯憑著天生的音樂天才，在英雄的隊伍裡建立了卓越的功績。

2 Satin bowerbird：澳洲特有的一種鳥。

這種模仿隱藏著巨大的危險。因為模仿會破壞事物原來的結構，打破它們相互間的聯繫。我們原本認為很堅實、已經固定不變的東西，將在無形之中重新排列組合。

世上沒有人能花那麼長的時間學唱歌。薰風習習的夏季傍晚，人們聽見他一遍又一遍修改自己模仿的那些聲音，直到對自己創造出來的音韻完全滿意為止。連那些被他模仿的鳥兒也不明白，他為什麼要那麼執著。他懂得悅耳的音調和刺耳的音調之間的區別，經過無數次的實驗，模仿鸚鵡、鞭鳥[3]、笑翠鳥[4]的鳴囀，最終唱出比原先那些鳥兒更完美動聽的歌曲。

可是，儘管奧菲斯掌握任何一個新「曲目」，都要花上許多年，可是他很快就意識到，無論他做什麼事，觀眾都會笑，或者發出滿是敬畏的欣喜驚歎。跟

---

3 whipbird，澳洲特有的一種鳥，因叫聲很像鞭裂的聲音而得名。

4 Kookaburra，澳洲特有的灌木鳥。

他選取的「素材」無關。只要腦袋一仰，咕咕咕、咯咯咯、嘎嘎嘎的叫聲從圓鼓鼓的黑肚子裡流出，不管笑或者哭，山水、樹木就會做出回應。他覺得自己像大海一樣深沉，像藍天一樣遼闊。他從大海與藍天的眼睛裡看到自己的影像，彷彿整個身體都沐浴在皎潔的月光裡。整整一天，澳洲喜鵲、伯勞鳥、藍鶲鶲、銅翅鳩、布穀鳥、小嘴鴴、小袋鼠、袋貂和鑽石蟒蛇都從他門前走過，把熟透了的水果、蟲子或甜果仁送到他腳邊。如果他能咧嘴一笑表示感謝，他們就會高興得叫起來。

可是奧菲斯並不滿足。他認為，沒有挑戰的表演索然無味。如果只有這些傢伙才能體會到他學習他們語言時的感覺，那學了半天有什麼用呢？儘管他知道詞彙和事物之間都有必然的聯繫，儘管他明白笑翠鳥和烏龜說「水」這個詞時發音完全不同，但他不想將它們並列起來比個你高我低。他只想把它們融合在一起，全然忘記這些詞彙和事物之間的聯繫，創造出一個個新詞彙，搭配猶如渾然天成的旋律唱出歌來。他希望自己的歌聲超越詞彙，展現出事物的本質。

做出這個決定之後，奧菲斯高興得要命，像翠鳥一樣笑了起來（那笑聲是他模仿的所有聲音中最動聽的）。清脆的聲音在樹葉上跳盪，喚醒了所有叢林居民。以前，他從來沒有天剛亮就開始表演。此刻，鳥兒拍動翅膀，抖掉朦朧的睡意；毛鼻袋熊剛剛上床，被他吵醒後，滿臉怒容；蚱蜢拖著兩條劃傷的腿抱怨被騙。所有森林裡的居民都聚集在一起。

「奧菲斯，怎麼回事？」喜鵲問。他總是打頭陣。

「別著急。」琴鳥奧菲斯說，很高興看到這隻歌聲優美的鳥兒出現在對的地方。他的行動取決於這隻愛嫉妒的鳥兒所做出的反應。「我已經練成了一個新角色。」

雖然奧菲斯經常看到喜鵲落在地上，但他總覺得這隻黑色的鳥兒是從水裡鑽出來的。因為他從來沒有見過他在林間飛來飛去，只是這樣突然出現在你眼前，好像來自另外一個世界——好像空氣是不透明的（他明明知道是透明的），或者喜鵲是空氣做的，直到落到你眼前才現形；或者只有琴鳥能看到的時候，空氣裡才變出一隻喜鵲。

奧菲斯默然無語，裝模作樣，像是在織一張網，然後從棲息的地方猛地飛下來，落到地上。上面的觀眾和下面的觀眾都看得目瞪口呆。因為那一刻，他像喜鵲一樣在大夥兒眼前消失得無影無蹤。這時候，一隻倒楣的藍舌蜥蜴正在熟睡，被奧菲斯狠狠啄了一口。藍舌蜥蜴痛苦地扭動著，沒有還手之力。他覺得似乎是某種看不見摸不著的東西——也許是隱身在空中凶殘的猛獸——抓住了他，朝森林飛去。奧菲斯叼著他穿過嚇壞了的鳥兒圍成的圈子，飛向高高的天空。然後下降，下降。藍舌蜥蜴發了瘋似地在空中抓撓，穿過鳥兒圍成的圈子，落到剛才睡覺的地方，跌斷了腰。鳥兒見狀都歡呼起來。

奧菲斯彷彿被歡呼聲高高舉起，在空中飛翔。只因為那聲音似乎永遠不會停下，才又飛回到他搭建的那個臺子上，心裡想，已經大獲全勝，已經讓他們看到，他不是只會模仿別人的聲音。目光所及，看到的只是讚美，奧菲斯心裡特別舒坦。他有點羞怯地看了一眼喜鵲。在群鳥之中，只有他滿面怒容，一聲不吭。一定是因為他偷了他異乎尋常的聲音。

「有什麼好鼓掌叫好的？」身披黑衣的喜鵲尖叫道，「我天天都這樣，他不過是模仿我罷了。」接著喜鵲像琴鳥一樣（現在反倒像是喜鵲在模仿他了），猛地飛到地上，叼起一條鞭蛇，飛到半空中，然後把蛇重重摔到地上。大夥兒都不敢出聲，四周一片寂靜，聽得見蛇脊椎骨折斷的喀嚓聲。「怎麼樣？」喜鵲問。「哦，我明白了，你們覺得還不夠驚險。那麼，我再露一手給你們瞧瞧。」他又倏地從天而降，先叼起一條毒蛇，再叼起一條眼鏡蛇，又叼起一條虎蛇。他們都嚇得要命，在半空中扭動著，拚命掙扎，最後啪嗒一聲掉在滿布著石頭的地上，一命嗚呼。「我會讓你們看個明白！」喜鵲朝四散而去的鳥兒叫喊著。他又轉過

身，打破死一般的寂靜，朝琴鳥叫罵：「你這個小偷，你得付出代價。你以為他們都喜歡你。才不是呢！人家早就把你忘得一乾二淨了。都盼你從天上掉下來呢！」

奧菲斯沒想到喜鵲會這樣氣急敗壞。他本來想挑戰一下，而且認為自己已經贏了。他把那個角色扮演得唯妙唯肖，就以為自己變成了喜鵲。他心想，喜鵲會原諒他的。他將繼續精進自己的模仿技巧，直到完全成為喜鵲為止。真是學無止境。

沒錯。懷著苦澀的鄉愁，他想起很久很久以前那個早晨。那時候，他還是一隻小鳥，醒來之後，沒有任何先兆，就清清楚楚聽見這個世界的種種聲音。別的動物用他的語言和他說話。零零星星聽到的聲音宛如母親的歌聲，在他耳邊迴盪。那聲音像照耀世界的陽光，變成瑰麗的色彩，越來越大聲，大到令他無法忍受。他無法解釋這一切。空中充滿各種聲音，所有生物都同時說話。氣流中浮動的微塵，枯葉下爬來爬去的螞蟻，岩石背面的冰霜，河岸上的樹木，枝頭上的胖烏鴉，田野裡的毛鼻袋熊和他們啃食的青草，水窪旁邊的小袋鼠和他懶洋洋地搖著尾巴趕走的蒼蠅，都在說話、歌唱。那聲音極不和諧，全都混在一起，亂哄哄的。他慢慢意識到（那種慢的程度，宛如從遠方爬來的一隻烏龜，好長時間才顯了形），他不只是聽，而是像在了解一個詞彙那樣在理解每一種聲音。他意識到，這個世界不只是和他說話，而且是用他的語言和他對話。儘管沒有任何生物或物體能夠發出完全相同的聲音，但是每一種聲音傳到他耳朵裡，他都覺得那是一個詞彙，一個他可以消化吸收、再從嘴裡說出來的詞彙。能獲得這種神奇的力量，說任何一種語言，都像說同一種語言一樣，簡直是奇蹟。但是代價是（他認為自己壓根兒沒有付出任何代價），他發現掌握了許多種語言之後，他竟不再記得自己的語言。

不過這已經是好多年前的事情了。那時候，他還沒有學會喜鵲的行為舉止。只是從那新的、不可思議的一天起，每天早晨太陽剛剛升起，琴鳥奧菲斯醒來後便引吭高歌，然後就上下翻飛去抓蛇。幾個星期之後，他已經覺得自己的技藝爐火純青。他甚至可以嘴裡叼著一條死去的毒蛇走來走去，朝那些圍在周圍嘰嘰喳喳或者嚇得大聲嚎哭的鳥兒哈哈大笑。然而現在對他來說，僅僅把蛇摔到地上已經無法滿足他了。他開始逗弄那些蛇。蛇落地的時候，他會再抓住他們，嘲笑他們的毒牙。他的動作非常快，如果蛇想要咬他，只會撲空。他認為，只有玩這種把戲的時候，動物們才真的喜歡他。他覺得他會永遠活下去。

時間一長，他幾乎把喜鵲給忘了。直到有天早晨，喜鵲披著黎明的曙光飛到他面前。

「還記得我嗎？」喜鵲輕聲說，「希望你不要再怨恨我。」

「當然不會。」琴鳥咯咯笑著說，很高興當年那個對他一肚子不滿的傢伙又像朋友一樣，回到他身邊。「你找我有何貴幹呀？」

「地面上的動物總是仰著脖子看你，覺得很累，」喜鵲說，「他們要我幫忙問問看，你能不能在地面上為他們表演一次。如果可以，那將是你送給他們最好的禮物。」

「為什麼不能呢？」奧菲斯高興得滿臉放光，一點也不掩飾自己的驕傲。「如果他們想要我站在他們中間，如果他們想跟我親近一點，我有什麼權利拒絕呢？」

「太棒了！」喜鵲微笑著說，很驚訝自己略施小計就能得手。「我親手幫你搭臺子。」

喜鵲消失在晨光熹微中。奧菲斯高興得放聲歌唱，硬是把太陽喚醒，讓陽光照亮大地。鳥兒聚集在周圍的樹枝上，吱吱喳喳，興奮得叫個不停，對於即將發生的事情各有各的說法。奧菲斯得意洋洋地站在樹枝上，一言不發。

在下方，喜鵲一邊鳴囀，一邊用樹枝在橡膠樹脂做成的結實臺子上搭建一個巨大的鳥巢。太陽升到當空，一群動物已經聚集在鳥巢四周，吵吵鬧鬧，來捧奧菲斯的場。在上方，最低的樹枝上一群群鳥兒吱吱喳喳、唧唧咕咕叫個不停。從小不點袋貂到個頭很大的袋鼠都張大著嘴，等待著見證奇蹟。

琴鳥跳到舞臺上，誇張地鞠了一躬。可是，等到他想抬腿的時候，居然紋

絲不動。原來在夜裡，橡膠樹脂搭的臺子凝成很結實的一塊，可是太陽一照就化成非常黏的膠。不論什麼東西，一黏上去就跑不掉。奧菲斯有氣無力地乾笑著，假裝這副狼狽相也是自己表演的一部分。他掙扎著，想把爪子從橡膠舞臺上拔出來，可是越掙扎，陷得越深。

他的乾笑騙不了人。因為害怕，他叫了起來：「來人呀，幫幫我！」

「你自求多福吧！」喜鵲從鳥群中鑽了出來，嘲笑著說。他繞著嚇壞了的琴鳥飛來飛去。「讓我們看看你怎麼離開這個舞臺。」

奧菲斯先是聽見什麼東西咬牙切齒從「舞臺」下面爬出來的聲音，然後覺得腳下的土地似乎像是動起來了。定睛細看，眼鏡蛇、銅頭蛇、虎蛇和豬鼻蛇都扭動著身軀，蜿蜒而來。眨眼之間，毒牙像鐵絲網上的刺，把琴鳥的「舞臺」嚴實地圍了起來。

奧菲斯嚇壞了，拚命叫喊，想請鳥兒們救他。可是那些傢伙都裝聾作啞，只等著看熱鬧。他想起喜鵲的叫罵，知道誰也不會救他，都想看他死。看到毒蛇圍著「舞臺」，步步進逼，他發了瘋似地啄自己，在羽毛間撕開一個個口子，頓時血流如注。他痛苦地叫喊著，屏住呼吸，倒在地上。他裝死裝得那麼像，連狡猾的毒蛇也信以為真，和那些默不作聲的鳥一樣，僵在那兒，彷彿進入催眠狀態。

琴鳥用近乎完美的表演騙過了毒蛇和禽鳥。但他並不想欺騙自己。觀眾們目睹了他的死亡，他卻在投入死神溫暖懷抱的前一刻，彷彿施了魔法，又一次騙過一雙雙眼睛。但是此刻，他意識到，他想死。他意識到，如果不能確信自己表演的那個角色和現實生活中模仿的對象一模一樣，他永遠不會真正快樂。

雖然他的眼睛和嘴巴都閉著，卻笑了起來。鬼魂的笑聲讓陽光顫抖。蛇看到死而復生的琴鳥，嚇得使勁甩打尾巴。因為按照大自然的法則，死去的東西不可能再復活。他們用毒牙把蛇毒注入琴鳥奧菲斯的身上。那群鳥嚇得四散而逃，喜鵲祈求原諒，太陽連忙滑到天邊。在這一片混亂中，琴鳥甚至滿懷喜悅，從容面對死亡。因為他在裝死自救的時候已經對死亡有了體會。現在，他的感

覺與那時的體會毫無二致，真是極其完美的模仿。此刻，有一個人從他內心長出來，在充滿蛇毒的血管中成形。他看到自己就在那兒，戴著面具，還帶著映照出自己真實面容的鏡子。

就這樣，奧菲斯成為第一個演員。他無法離開舞臺，內心空空如也，為他永遠看不到的觀眾，過著別人的生活。

時間的祕密

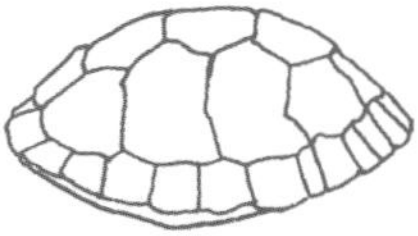

The Making of Time

我們從一片虛無中來到這個世界，離開的時候又彷彿從來沒有來過這裡。

崔克爾[1]是世界上動作最慢的動物。草長得都比她走得快。但是她一點兒也不著急。因為不管走到哪兒，她都帶著自己的家，還用得著走那麼快嗎？

年輕的時候，她覺得背上揹著個家是負擔。這個重重的殼妨礙她遊戲。蜥蜴一直嘲笑她走起路來笨手笨腳、囉哩囉嗦，但一不小心，蜥蜴就被貪婪的海鷗給吃了，而她卻藏在自己的「洞穴」裡保住了性命。自此之後，崔克爾就對自己背上的殼另眼相看。這個殼不但保護她不被飢餓食肉動物的利爪傷害，而且因為重，她只能和劃過天空的太陽一起，慢慢地前進。這使得她能夠看到大千世界最微小的細節，領略山山水水最難察覺的美。而那些匆匆忙忙的過客卻無緣得見。

只有崔克爾不覺得腳下塵土飛揚的土地是沉悶單調的平原，而是一座由微

1 Trickle，在英文中有「涓涓細流、慢慢移動」之意。

小的顆粒組成的大花園。每一座花園都像一朵美麗的鮮花。只有她因為走路的速度慢，才能看見樹葉慢慢改變顏色，一片片落下；只有她因為走路的速度慢，才能看見石頭並非像表面那樣永遠不變。她漸漸明白一個道理：即使貌似堅不可摧的東西，時光也會將其磨蝕，就像繭裡的蝴蝶，總會慢慢蛻變。

她住的那座小島的峭壁懸崖都是石灰岩，有的石頭上有珊瑚、海百合，甚至古老的烏賊化石。海龜崔克爾由此認識到，大海和高山其實沒有區別，因為高山也曾經是深海海床，有朝一日也可能再重返大海。她有時候會在一個小洞穴裡睡覺，洞口左邊有塊很好看的粉紅色流紋岩。這種石頭是一種表面光滑的火山岩，石頭上有冰川滑過的痕跡。這就說明它非常非常古老，比粉紅色的岩漿形成這座小島時，從它旁邊游過的烏賊還要古老許多。這塊岩石目睹了動物大遷徙，猛獁象被獵殺，洪水帶來的大災難，火山前後三代的大爆發，大氣層神奇的化學變化和山脈的崛起。但是，只有崔克爾因為走得慢才知道這一切。她心想，我們和其他東西一樣，都是由相同的物質組成。我們是水、空氣、岩石的子孫，我們是石頭的孩子。

崔克爾懂得了時間的奧祕。她發現，如果歲月只是剝蝕岩石、改變河流的話，生命的過程也可以變得非常緩慢。當周圍所有的動物從生到死，都匆匆忙忙在巢穴間奔走的時候，只有她揹負沉重的殼，一代一代丈量著流逝的歲月。

崔克爾生下的綠海龜，已經多得難以計數，根本記不住他們的年紀。每年她都要爬到小島的沙灘上，在貪婪的海浪沖刷不到的地方，為她的蛋挖坑。把蛋埋好，用鰭把沙土弄結實之後，她就讓上百代的家族成員聚集在身邊，等待陽光孵化他們身下的蛋。小海龜孵化出來、逃脫海鷗的利嘴，踉踉蹌蹌向大海爬去。時間彷彿也為他們停下了腳步——在背上的殼、那神奇的堡壘長成之前，他們都弱不禁風。

在這樣一個「週年」紀念日，一隻很大的蜥蜴慢慢爬到老海龜面前，嘲笑她。「醜陋的老傢伙，你什麼時候死呀？」蜥蜴輕蔑地笑著說，「你為什麼不能像別人那樣該死的時候就死，非得厚著臉皮賴在這個世界上呢？」

崔克爾以前就和這個愛嫉妒的蜥蜴打過交道。「我從來沒聽人說過年紀大有罪，」她用很響亮的聲音慢悠悠地說，「如果我打攪了你，那非常抱歉，不過像我這樣一把年紀可不容易。這世界上你看不慣、不喜歡的東西多的是，總不能都除掉吧，那可是比任何殼都重呢。相信我的話，你是嫉妒！」

「我，嫉妒？」蜥蜴半信半疑地吐了一口唾沫。「這可是太陽打西邊出來了。誰想要長得像你那樣呢？你比一灘爛泥強不了多少，也就是多一口氣罷了。我動作比你快多了……」

「別嘮叨了，」崔克爾嘆了一口氣，「這話我聽過一萬次了，而且說話的人個個都比你聰明。你真的認為我比不上你，對嗎？」

「這還用說嗎？看看你那副模樣。我當然這樣認為。」

「那就比試比試，看看你還有什麼話說。」海龜一邊說，一邊在心裡琢磨如何教訓教訓這個傢伙。「你認為我又老，動作又慢，那就比比看。繞島一圈，你要是能打敗我，我就按照你的建議，死給你看。要是我贏了，你就把我馱在背上，直到離開這個世界。你覺得怎麼樣？」

「如果你居然蠢到敢挑戰我，」蜥蜴想也不想就笑著說，「你壓根兒就不配活著。什麼時候比賽？」

「今天下午，太陽西下之前。」海龜滿懷期待，臉上露出一絲微笑。思索未來而非想著過去，這可是難得的快樂啊，她想。「我們就以這棵棕櫚樹為起點和終點吧。」

蜥蜴拔腿就跑。他急著告訴島上所有居民，海龜要和他賽跑，還要告訴大夥兒，他必定會贏得這件奇而又奇的「獎品」。崔克爾卻為這個魯莽的傢伙難過。不過，她不只是為這個少不更事的蜥蜴難過，她忘不了他說過的那些話。她有生以來第一次感覺到自己真的老了，而且驚恐地發現，她已經完全忘記年輕時的模樣。已經有一段時間了，她覺得活著成了一種負擔，只不過不願意承認罷了。她總是把這種負擔歸咎為背上的殼。不過，她還是要給蜥蜴一個教訓。她恐怕不會再開懷大笑了。

她又想起那塊石頭。從前，她經常和媽媽在海浪拍打的峭壁下散步，從紅色的石頭旁邊走過。那紅石頭是很早很早以前，空氣裡的氧和海洋裡的鐵化合而成的。媽媽告訴她，有的歷史寂然無聲，沒有必要吸引人們的注意。媽媽還說，每一道風景都是一個故事。大地在石頭上書寫歷史。當她想引發崔克爾對這個世界的興趣時，就跟她絮絮叨叨這些事兒。年輕的海龜不管走到哪兒，都跟著媽媽的思路。這是媽媽為她講過的唯一一個沒有色彩的故事。我們是否願意讀都無所謂。它的起源自然比我們早許多，它的主題也超出我們的想像。

崔克爾心想，母親之所以跟她說這些事情，是因為她能看到事物的本質——雖然不太清楚，只是宛如冰面上的倒影。她覺得母親身上有種希望大地爆炸的東西，只是這東西並沒有壓到年輕海龜身上，而是猶如卡在她殼下的一塊石頭，硌得難受。有時候，她也喜歡漫無邊際地遐想：即使是岩石也能夠移動，大海會沉到深深的地幔之下，地心引力可以吸引六十哩厚的大地。而此刻，她就站在這大地之上。她最喜歡的是：大地仍舊像剛剛蛻變出來的蛾一樣，非常

機警，雖然經歷了五千萬代海龜度過的歲月，仍然不想靜下來休息。

崔克爾心想，她本來可以說得更多一點。但是就像她和媽媽最初一起散步時那樣，她的思緒總是悄悄溜走。似乎她也被一種巨大的力量吸引著，漸漸地被歲月消磨。她本來可以說得更多一點，因為總會有許多奇蹟發生，就像石頭中的幽靈，在一種無法控制、還沒有受到破壞、野蠻凶殘的氛圍下，壓低嗓門訴說著愛意。也許能在石頭上看到我們的倒影，這並不奇怪，因為我們是石頭的子孫。往事的回憶讓她臉上露出一絲微笑。石頭在我們心裡，記著久遠的風雨、遠古的風景，宛如我們血管裡流淌的血液。我們對自己的起源、對歷史、對來世知道多少呢？母親說，我們身上的每一樣東西都是從石頭上借來的。每一個碳原子、氫原子或氧原子，都是從天上的星星、彗星、高山、大海借來的。她想，我自己就是海浪沖刷到岸上的小石頭。我的身上有玉髓、瑪瑙、石膏、晶石、石英、白堊。黑色的血讓生命的活力回到石頭上。

不過，這是很久以前她對生命現象的思索。此刻她心裡想的是怎麼給這隻年輕的蜥蜴一個教訓。她把家族的成員都召集在一起，把自己的計畫悄悄地告訴大家。然後邁開笨重、緩慢的步子，向起點走去。就像許多年、許多天之前一樣，她孤零零、靜悄悄地在海邊等待著。那連天的碧水經常承載著她的重量，太陽慢慢地劃過天空。

下午，一群群動物從四面八方聚集到起跑線前。比賽快要開始的時候，觀眾已經「人山人海」。崔克爾想，他們都是來嘲笑我，看我死的。她會讓他們笑個夠。不過，在親眼看見她死之前，他們自己就會先死。

「準備好了嗎？」蜥蜴得意洋洋地笑著，走到棕櫚樹前方。那是比賽的起點，也是終點。「趕快了結這事吧。」

「準備好了，」崔克爾不動聲色地說，「開始！」

蜥蜴的腿飛快地旋轉著，掀起一片沙塵。老海龜在沙塵的掩護下，打了個滾，藏到棕櫚樹後方等待著。等到旋風般的沙塵終於消散後，觀眾們驚訝地看到，蜥蜴兩條後腿支撐著，身體直立拚命奔跑，但總是落在海龜後面。在場的動物都不敢相信自己的眼睛。聽見他們因為無法相信而發出的叫喊聲，崔克爾咯咯咯地笑了起來。她的計畫成功了。

這個計畫其實很簡單。她知道蜥蜴奔跑的時候會掀起一團團沙塵，在海風的吹動下，形成極好的屏障。每一團沙塵消散的時候，蜥蜴都要抬起頭看一看自己是否跑在前面。可是每看一次，都會發現海龜正好從環繞「跑道」的棕櫚樹後方爬出來，跑在他前面。其實，第一棵棕櫚樹後面跑出來的是崔克爾的兒子，第二棵樹後面跑出來的是她的孫子。以此類推，崔克爾一百代子子孫孫正好環島一圈，與作為終點(也是起點)的棕櫚樹相接。崔克爾將在蜥蜴掀起的最後一團沙塵的掩護下，從從容容從棕櫚樹後方走出來，先蜥蜴一步，跨過終點線。這個計畫真是無懈可擊。

一切都在崔克爾的預料之中。每一次蜥蜴以為他超過崔克爾的時候，都會看見老海龜像影子一樣，跑在前面，根本不可能把她甩掉。而他自己跑得越快就被甩得越遠。蜥蜴又累又氣，眼看終點就在眼前，掀起更大的沙塵和團團海藻。崔克爾神不知鬼不覺爬到跑道上，塵埃落定的時候，朝擁擠的觀眾舉起一條腿，穿過終點線，成了贏家。她甚至連氣都不喘。蜥蜴低垂著頭，把臉藏在脖子腫脹的皺褶後面，又羞又臊，無精打采地走到老海龜面前。

「沒關係，」老海龜很真誠地對他說，「對我來說，這個結果已經是最大的獎賞了。只要你從中看到，年紀大不是罪過，承認你不對，就可以了。這件事就到此為止吧。」

後來，蜥蜴對看到這個場面的飛禽走獸說，是老海龜說話時的表情和她目光裡的輕蔑，惹惱了他。因為老海龜克里特爾話音剛落，狡詐的蜥蜴就跳到她的背上，不等她向家人呼喊求援，就把老海龜背上的殼拔了下來。自從命中注定從蛋殼裡孵出來，爬到海港以來，她第一次背上沒了殼。她沒有注意到觀眾哄堂大笑的聲音，也沒有注意到嚇壞了的後輩兒孫簇擁在她身邊，把她護送到俯瞰大海的一座懸崖峭壁上的小洞裡。那種「無殼一身輕」的感覺似乎讓她特別陶醉。許多許多年以來，她彷彿一直把家揹在背上，把整個世界扛在肩上。現在，她終於自由了。她覺得身輕如燕，要不是因為小洞的洞頂，她的身子可能早就飄走了。

「現在，我可以死了。」她嘆了一口氣，自言自語地說。

夜幕降臨，寧靜孤寂。恐懼變成了好奇，每一個想法都像一場夢。老海龜從被剝掉殼之後、磨壞了的龜殼裙邊底下爬出來，對著黑暗呢喃細語：母親，對於你，那是否還是一個無法理解的謎團？我們從一片虛無中來到這個世界，離開的時候又彷彿從來沒有來過這裡。除了我，你留給這個世界什麼？然而，即使你在這裡與我相伴，我也仍然害怕那虛無到來。即使這樣想，我也仍然納悶，是否有人從另外一個角度想過，如果沒有死，生會是什麼樣子。

因為有了這些想法，她就把子子孫孫都召集到自己身邊，說出以下這番話來：「孩子們，你們還不明白，世界只存在於我們的心中。蜥蜴，或者毛鼻袋熊，或者魚，或者鳥，一輩子只能看到眼前的世界，海龜的眼睛卻能看到它的反面。我們從來沒有看過遼闊的天空，無法像小鳥一樣沒完沒了地把歌聲送給這個世界。現在我快死了，才終於能夠告訴你們，那個世界，就在前方凝視著我們。我們走過的時間隧道，猶如在岩石上留下一道裂縫。

「但是你們得知道，我以前並不會這樣想。我也曾抱怨生命的短暫，作為海龜，我們的本質就是要知道這一切。因為任何轉瞬即逝的生命都想從我們這裡得到答案。他們也只能來這個世界一次。好像我們總得把他們帶到什麼地方；好像我們揹負著沉重的殼走向死亡，而殼裡滿載著這裡發生的一切。好像這裡想像出來的東西正是那裡的想像，不像天上的星星那樣明亮，那樣寂然無聲。好像那是說給信天翁聽的一個故事，不是從大海那邊帶來的海的絮語，而是從高山之巔帶來的一撮泥土。但是我們在這裡看到的東西無法滲透到我們的皮膚底下。因為如我所說，任何活著的東西，稍縱即逝。你們看，我現在活著，我在這裡。但我心裡充滿對美麗的死亡的嚮往。所以，我的孩子們，去讚美那些看似簡單的東西。它們在沒有盡頭的爬行中昇華了自己，就如水流過石頭，注入我們心底。

「我說得夠多了。你們現在必須聆聽大海。大海濤聲依舊，可是在那浪濤聲中，你們聽到了嗎？是寂靜。現在我知道，那寂靜是時間的聲音，是時間的腳步最微弱的回聲。宛如我們身後的時間還要再來，走過長長的路。在這裡，在我們心裡，隨時相會。」

老海龜面帶微笑，時間彷彿伸出手把她拉到自己溫暖、輕柔的懷抱裡，撫摸她的皮膚，直到她覺得一陣刺痛，然後像融化的蠟灌進洞裡。時間，像夜色一樣，慢慢地將她摺疊起來，先是長滿疙瘩的手和腳，然後是胳膊和扭曲了的腿。那是一個彷彿被沙的溝壑抓住的大海幽靈。一個人影彎腰駝背地從洞裡爬出來，步履蹣跚走過一條崎嶇不平路。而這條路，是由終於從大海裡面走出來、現已進入夢的海龜的殼所鋪設而成的。

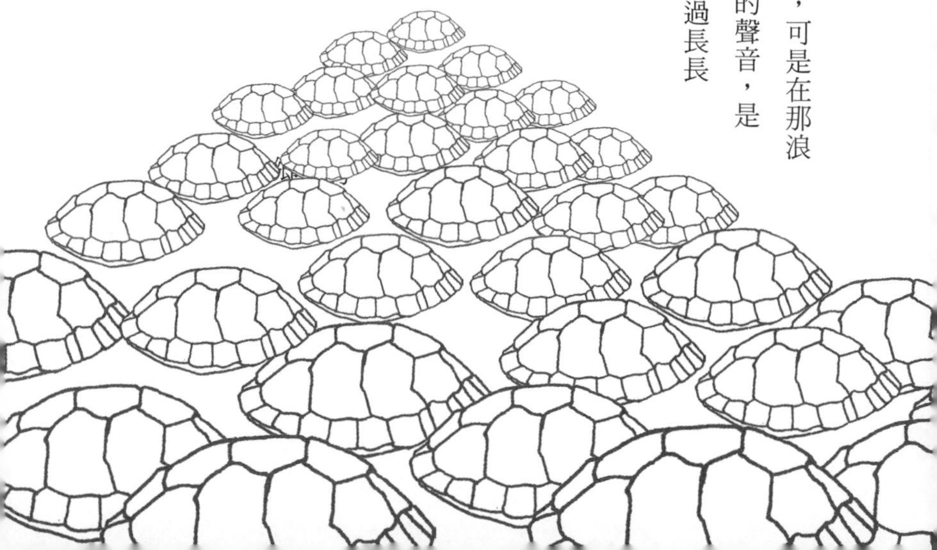

醫學之謬

The Irony of Medicine

他被人們敬畏著，像是樹木從泥土中吸收水分和營養那般，
從整個世界汲取生命的力量。

普羅米修斯[1]喜歡黑夜。黑暗讓他覺得一切都宛如一場夢。白晝，酷熱難當，一切都顯得那麼清晰、尖銳；夜晚卻像施了魔法，涼風習習，黑暗磨平了這世界所有的稜角，融化了這世界所有的邊界，流動的空氣彷彿變成了海浪，將樹木、星星、大地都匯集在一起。你也是其中一部分，漂浮在夜的雲朵之上，融化在這世界之中。這便是這隻袋貂心裡的想法。他這麼喜歡黑夜，便決定白天睡覺，夜晚活動。

有天晚上，他在日落時分從窩裡醒來，暮色中看見對面白千層樹下，有什麼東西一閃而過。他嚇得毛髮倒豎，尾巴一陣刺痛。他不知道那是什麼。定睛細看，又看見那東西在動，不過這次速度更快，像影子發出幽幽的光，爬到樹幹上。他又嚇得渾身顫抖。原來那是條蛇，動作非常敏捷。普羅米修斯覺得，

1 Prometheus：希臘神話中泰坦神族一員，因偷取火種給人類，違反了宙斯的禁令。宙斯把他鎖在高加索山上，派一隻鷹每天去吃他的肝，直至海克力斯（Hercules）將他釋放。

彷彿有一條無形的線套在他的脖子上，穿過茫茫夜色，把他和「影子」尖尖的尾巴連起來，吸引他跟在蛇的後方，在枝繁葉茂的樹上穿行。

普羅米修斯的肚子是白色的，但腦袋和背都是深灰色的，所以從上方看和夜色沒有兩樣。他很少離開樹，喜歡捲起長尾巴掛在樹上，從一根樹枝盪到另一根樹枝上。因為以水果維生，他沒必要擔心其他動物和他搶地盤。可是這次不同。他把尾巴夾在肚子下，無聲無息滑到地上，像一陣風，穿過那塊林中空地。現在他聽見蛇爬過枯葉時發出的沙沙聲。他還能聽到是什麼吸引那條蛇從地面爬到那麼高的樹上。原來是幾隻布布克小貓頭鷹在窩裡發出吱吱喳喳的叫聲。袋貂再次覺得渾身冰涼。不過這一次不是因為害怕。

這時，像是天地倒轉，袋貂並沒有沿著千層樹幹向上爬，反而往下滑。他的速度那麼快，轉眼間已經從蛇看不見的那頭爬到鳥窩前。小貓頭鷹的叫聲不但讓袋貂、也讓蛇很容易就確定了他們的位置。令人欣慰的是，他先蛇一步爬進鳥窩。那些小貓頭鷹嚇得要命，不知道這個大傢伙張牙舞爪，突然闖到他們窩裡要幹什麼。死一般的寂靜，好像連夜也已進入夢鄉，只有蛇的毒牙發出嘶嘶的聲響。普羅米修斯看見毒蛇分叉的舌頭——蛇信——在鳥窩邊上一閃一閃，充滿威脅。

袋貂的牙齒沒有咬過水果以外的任何東西。可是當蛇的腦袋吐出毒舌探到鳥窩邊上，一雙冷酷的眼睛透過黑暗盯著窩裡的小貓頭鷹時，普羅米修斯瞅準機會，伸出爪子緊緊掐住那條毫無防範的毒蛇的腦袋。毒蛇的血讓他噁心，但他還是使勁咬了下去。那條蛇拚命掙扎，使勁在樹幹上甩著尾巴，以為是千層樹襲擊他。他在小袋貂的利爪和牙齒間掙扎，覺得是堅硬的樹枝包圍了他。後來，他使盡全身力氣，發了瘋似地拍打樹幹，普羅米修斯鬆開沾滿鮮血的嘴巴，毒蛇啪嗒一聲跌落到地上。謝天謝地，他總算揀回一條命，下定決心再也不敢離開地面到樹上尋找獵物。

小袋貂的心怦怦跳著，嚇得半死的小貓頭鷹甦醒過來，吱吱喳喳地叫著。聽見小貓頭鷹飢餓的叫聲，他來不及多想，整個世界彷彿在他眼前消失得無影無蹤。剛才，他差點就掐死了那條毒蛇。現在，毒蛇被趕跑了，他覺得害怕，連氣都喘不過來。因為他突然意識到自己的處境有多危險。他渾身顫抖躺在鳥窩裡，那幾隻小貓頭鷹用沙啞的聲音叫喊著，在鳥窩周圍害怕地跳來跳去。

就在這時，布布克貓頭鷹媽媽回來了。小貓頭鷹焦急的叫聲驚動了她。她大聲呼喊，淒厲的叫聲在空中迴蕩，劃破了夜的寂靜。「茂——布克，茂——布克！」普羅米修斯看見貓頭鷹媽媽的爪子像閃電從天而降，直撲他的胸膛。

「不！不！」他叫喊著，從鳥窩裡一躍而起。貓頭鷹盤旋著，利爪像駕著長風的鐵絲網，刺向袋貂的背脊。「你搞錯了！」袋貂大聲說。

「我沒錯！」貓頭鷹看見嚇得渾身顫抖的小寶寶，益發怒火中燒，憤怒地吼叫：「我要把你撕成碎片！」

她又猛地衝了下來，這次抓破了袋貂的脖子。不過普羅米修斯還是設法逃脫了。這時候，他意識到現在說什麼也沒用。當天夜裡，他再次做好戰鬥到死的準備。他把尾巴勾在樹枝上，吊在半空中晃盪。再用兩個前爪抓住旁邊千層樹的樹幹，鬆開尾巴，身體一晃，便晃到那棵樹上。他就這樣，從一棵樹盪到另一棵樹上，如履平地，又似翱翔在空中。貓頭鷹看著這隻飛翔的袋貂，既惱怒又驚奇，狼狽地低下頭。

如果最後一棵千層樹的樹枝能禁得起普羅米修斯的重量，他就可以順利逃脫。貓頭鷹聽見他掉到地上的聲音，又得意洋洋猛撲過來，伸出利爪抓住可憐的小袋貂，把他帶上高高的天空。太陽剛剛升起，陽光灑在樹梢上，留下一片金輝。普羅米修斯覺得鮮血從肚子和背上流出，但他不覺得疼。他從來沒有到過這麼高的地方，夢裡也沒有到過。恐懼把他弄得渾身麻木，連話也說不出來。

「為什麼要殺我的孩子？」貓頭鷹問道。

普羅米修斯說不出話來。他已經飛得那麼高，樹梢變得那麼小，想說的話彷彿凝凍在喉嚨裡，一個字也說不出來。

「沒話可說了吧。」貓頭鷹叫喊著，從默不作聲的小袋貂胸口撕下一塊塊肉。

「膽小鬼！我不會再讓你襲擊其他鳥窩！」

貓頭鷹一鬆爪子，袋貂從高高的天空落下。剎那間，他不知如何是好。地心引力在空中打開一道「陷阱門」，迎接他。他垂直落下，貓頭鷹心中的憤怒終於平息。他飛到一句話也說不出來的小袋貂身邊，見他嚇得要命，很是高興。可是，過了一會兒，她又不由得生出幾分憐憫。

當小袋貂快墜落到那一排千層樹的時候，瞥見黑蛇正在地上爬。他終於開口說話了。

「你瞧，」他大聲叫喊著，尾巴朝前方指著，「我從這個傢伙嘴裡救了你的孩子……」

貓頭鷹心裡一亮。這時候，離地面只有幾吋了。她伸出爪子，想救可憐的小袋貂。可是，太晚了。普羅米修斯已經啪嗒一聲跌落在地上了。

普羅米修斯從來沒有過這樣的體驗。看見黑蛇、終於說出話來之後，他覺得自己不再像從天而降的一滴水。天地又顛倒過來，他彷彿站在天空上，大地在他之上很高的地方漂浮著，慢慢落下。但是他並不害怕。那彷彿是一片秋葉，顫動著飄落下來，擁抱他。好像許久以前，又回到母親的懷抱。溫暖、安全。

醒來之後，他發現貓頭鷹已經不見了。黑夜和星星消失了，朦朧的樹影也不見了。晨光熹微中，只有灑落在他周圍的淚珠閃著幽光。小袋貂從天而降時，在地上砸出了個坑洞，泥土埋在他身上。他慢慢抬起頭，霞光勾勒出一張人臉。一雙烏黑的眼睛充滿幽怨，眺望著這個星球最黑暗的角落，生了根似地永遠站在他跌落下來的那個地方。

普羅米修斯成為第一個療癒者。他被人們敬畏著，像是樹木從泥土中吸收水分和營養那般，從整個世界汲取生命的力量。

第一個
漂泊者

The Origin of Exile

鳥成為她的心臟，不斷拍打著沒有羽毛的翅膀，賦予漂泊者生命的力量。

阿瑟緹絲[1]熱愛飛翔。她不須拍動翅膀，就能在南海之上的氣流中滑翔好幾個小時。起初，她並沒有飛翔的必要——那畢竟是想要離開大地的一種努力。不過，這並不是需不需要的問題。她本來可以永遠住在碧水環繞的家中，喝岩石小坑裡積存的雨水，吃水塘裡游來的烏賊，飛不到一個小時，就能把這些事情都做完。若是這樣就安全多了。可是，阿瑟緹絲對安全這種事沒有興趣，她對死亡也並不擔心。她最喜歡的就是飛翔。她無法打消這個念頭。就連睡覺的時候她也看著自己——一隻孤獨的鳥兒張開翅膀，滑過灰綠色的水面，在高高的藍天翱翔。醒來之後，她別無選擇，和她的影子一起飛翔。這個影子劃過天空，飛向海洋，像一滴血汙，在陰鬱的水面上漂浮。那是她的身影，她的伴侶。

1 Alcestis：希臘神話中斐賴（Pherae）國王阿德梅托斯（Admetus）之妻。因丈夫患不治之症，阿波羅請求命運女神准許可由別人替死，於是她自願代夫受死，因而被世人傳頌。

起初，她整天這樣盤旋，滑翔，從來不落下來。好像風吹走了地心引力。後來，隨著時間流逝，她飛過大海，離家越來越遠。直到有一天早晨，連續飛翔幾天之後，看見一座比她家那座小島還要大的石頭島。要不是這座島，她還要像以往一樣，繼續飛翔。這座島上的空氣好似不再流動，她彷彿穿過一個寂靜的洞，落到嶙峋怪石上。天空下著濛濛細雨，密集的雨絲像夜幕般悄然落下，彷彿有層陰暗的霧靄籠罩住小島。天空呈一片極淡的灰色，極接近淡紫色，又像是肌肉之下靜脈的色澤；被晨光揉皺的雲彩在其間飄散。阿瑟緹絲從她落腳的地方望去，看見古銅色的大海那邊有一塊更大的陸地。她腳下的岩石上布滿了藤壺，這些水生軟體動物艱難地呼吸著，好像剛剛離開大海，過一會兒還會再回到那滾滾波濤之中。一縷縷水霧從海面升起，彷彿又滲透到空中。遠處是曙光照耀、長滿栗子樹的群山。信天翁阿瑟緹絲發現了旅行之美。從那一刻起，她再也不認為某個岩石島是她的家園。她的生命只有展翅飛翔的時候才顯得真實。

起初，阿瑟緹絲只是為飛而飛。可是隨著歲月飛逝，遷徙成為她必須去做的事情。起初，那只是她內心的一種需求。不管停留在哪座島嶼，她腦子裡都沒有飛到另外一座島嶼歇息的想法，直到覺得腳下的岩石冰冷、濕滑，才懷著一種渴望，飛向另外一個地方。那些島嶼好像非常了解自己，總是滿懷信心地期待信天翁在它們身上落腳，似乎有一塊巨大的磁鐵吸引著她、推動著她，飛來飛去。可是，漸漸地，阿瑟緹絲不再是因為對家的渴望而遷徙，而是因為她墜入了愛河。只不過，她愛的不是一隻鳥，而是兩隻，一隻在大海這邊，另外一隻在大海那邊。兩個「戀人」完全不知道還有個「情敵」存在，以為信天翁只屬於自己。

有一天晚上，她在比較大的那個家著陸。對「情人」的愛因為飛翔距離更遠而更深。可是看到「情人」滿臉憂傷，她覺得迷惑不解。「發生什麼事了？」她問道，一邊用喙為他梳理羽毛，一邊張開翅膀摟住他。

「沒什麼。」他往後退了兩步，像是被幽靈觸碰了一下。「你既然愛我，怎麼忍心一去就這麼久？」

「你是因為這個不高興呀？」她鬆了一口氣。她從來都不明白他為什麼會吃醋，卻學會了如何撒謊，好平息他內心的嫉妒。「你就是因為這樣才不開心嗎？你知道，如果不是萬不得已，我絕對不會走呀。可是媽媽需要我，我還能怎麼辦呢？」

「那我和你一起去。」

「不行！」阿瑟緹絲斬釘截鐵地說。她的態度那麼堅定，連她自己也沒有想到。之所以這樣，是因為她不但在那邊還有個「情人」，還因為她無法忍受有另外一隻鳥在她身邊飛翔。她不知道該如何向他解釋。她只想獨自在遼闊的大海之上飛行，只有海浪上躍動的身影陪伴。「你知道，這是不可能的。我媽媽認

為我只在乎她。她老了，我們至少讓她有個幸福的晚年吧。我們還有長長的未來。」

「我知道。」他說。臉上露出笑容。這話，他愛聽。她那位想像中的母親的自私，和他埋藏在自己心中的感情毫無二致。「只是我心裡太苦了。你每次走，我都覺得再也見不到你了。」

「那我該怎麼做呢？」她故意做出一副沮喪的樣子，心裡卻覺得很溫暖。

「哦，有一個辦法……」他腦子裡突然閃過一個念頭，而且越想越覺得有道理。「我想拔掉你的羽毛。」

「什麼？」

「不是全部，」他繼續說，「只拔黑色的。」

「為什麼呢？」阿瑟緹絲問，希望他是在開玩笑。

「信物……證明你愛我。」他也撒了個謊。這座島上別的公鳥一直嘲笑他找了阿瑟緹絲這樣一個異類。不僅因為他們長期分居兩地，還因為這座島上的鳥兒都是白色的，所以覺得阿瑟緹絲那對黑翅膀特別難看。這是一個把她打扮得更像他們的極好機會。「你說過，為了我，什麼都願意做。」

「你真的想這樣做嗎？」現在她看出他是認真的。儘管他的這個願望讓她心煩意亂，但是總比沒完沒了地嘮叨他們不能生孩子好。他還常常指責她總是這樣飛來飛去。

「只是個象徵罷了。」

那隻鳥話音剛落，就動手拔她翅膀上比較短的黑羽毛。要不是阿瑟緹絲大喊「夠了，夠了」，並且發瘋似地拍打著翅膀飛上天空，翅膀上的羽毛就會被他拔光了！然而，讓她難過的並不是肉體上的痛楚。那點疼痛她還受得了。真正讓她難受的是失去了那麼多羽毛，讓她感到某處隱隱作痛。但究竟哪裡難受，她也說不清楚，但那是一種揮之不去的感覺。她並沒有因為少了羽毛而覺得身體變輕盈，恰恰相反，那是一種彷彿被大地束縛住了的奇怪感受，好像他把她釘在了岩石之上。她必須掙脫這種束縛。當她終於可以駕馭著氣流再次飛向大海的時候，她高興得要命，沒注意到翅膀失去了平衡。遠處，群山連綿逶迤，高聳入雲的峰頂蘊含著無盡的寶藏。阿瑟緹絲飛翔著。她自由了，這就夠了。羽毛還可以慢慢長回來。

飛翔的時候，她意識到有一種好像潮汐的東西掌控著她。潮漲潮落，時而把她推向前方，時而拉到後面。她在風浪中艱難地前進。

但是某事也變得清明，只有這時候，浪潮在空中湧動，阿瑟緹絲既是水，也是陸地，她是兩者相觸的中介點，夾在兩個相反元素中——時間和空間、過去和未來，激情驅使她在高空飛越一千哩，為它們畫了條彎曲的地平線。她想著，這上頭是如此不可思議地寧靜，大陸板塊們像是自己在移動，如同飛在空中的熱氣球一般。她彷彿看著下面好幾世紀之久，帶著對永恆瞭然的耐性，還有與雲朵陸地不斷漂移變動一樣的耐心。她思索著，這種時候該想想平靜地停留下來。想想這樣的耐心！所有東西都在大氣、地殼、磁場間循環流動著，落在那些小小卑劣壞心肝的交流中。

許多天之後，她終於看到自己出生的那座小島。一想到要和「初戀情人」再次相見，她就臉紅心跳。那隻俊俏的鳥兒正等待著她。她落地之後圍著他吱吱喳喳地叫個不停，伸出喙親吻久別的戀人。她還揮舞著翅膀，圍繞著戀人開心舞蹈。

「發生什麼事了？」他害怕地叫了起來。原來他突然發現阿瑟緹絲原本十分美麗的翅膀變得參差不齊，缺了好多黑羽毛。

「你在說什麼？」阿瑟緹絲問道，又生出那種似曾相識的感覺。好像這個問題也會把她束縛在岩石之上。

「你的翅膀，」他用自己的翅膀指了指阿瑟緹絲的翅膀，「難看死了！」

「哦，你說的是翅膀呀。」她似乎終於想了起來，腦子飛快地轉著，想找一個說得過去的理由。「太陽……我飛得離太陽太近了……烤焦了。別著急，用不了多久就會再長出來。你見到我高興嗎？」

「當然高興，」他說，「你飛那麼遠太危險了。你為什麼非要離開家呢？當然這只是我的看法。不知道對你講了多少次，但你就是不聽。」

「哦，你又來了！要跟你說多少遍你才能理解呀！」阿瑟緹絲笑著說。因為高興，忘了被揪扯得參差不齊的翅膀。「你知道，我父親太老了，那麼遠的路，根本飛不回來。長途跋涉會要了他的命。我總要去看他吧！別嫉妒，好嗎？」

「不，當然不會。」話雖這麼說，其實他心裡酸溜溜的很不高興。「我只是擔心你。你看你把你的翅膀搞成什麼樣子。每次你遠征，我都怕你出什麼意外。誰知道這會不會是我們最後一次相聚？讓我跟你一起去吧。」

「不行！我對你說過，你變得越來越愛嫉妒了。我是父親的獨生女，不能扔下他不管。況且，父親年紀大了，以後去看他的機會也不多了，我保證。」

「那我怎麼辦？」

「別著急，」阿瑟緹絲上前偎依著，咕咕咕地叫著說，「我該怎麼做，才能讓你高興起來呢？」

「為了讓我高興，你什麼都願意做嗎？」

「是的，什麼都願意。」她一副無所不能的樣子，好像他有什麼願望，她都能幫他實現。

他從「愛人」的翅膀底下鑽出來，看著周圍的鳥兒。他知道，阿瑟緹絲很漂亮，可是現在她變了。這種變化讓他心裡很不舒服。「我的願望不大，」他的聲音猶猶豫豫，「只想向你要一點羽毛。這樣你不在家的時候，我看著羽毛，就像看到你一樣。」

「為什麼要我的羽毛呢？」阿瑟緹絲立刻警覺起來。

「因為你的羽毛那麼漂亮。」這話不假。「就像你說的，羽毛還會再長出來。」阿瑟緹絲還來不及表示反對，他就迅速地從她前胸後背拔了起來，不過只拔白色的羽毛。如果不是阿瑟緹絲發了瘋似地飛走，連話也來不及說，她的羽毛就會被拔光了。現在，她半個身子光溜溜的，飛起來的時候覺得涼颼颼的，有生以來第一次覺得在空中翱翔沒有那麼快樂。不過這感受只持續短短一瞬間，很快她就不再瑟瑟發抖了。她安慰自己，羽毛很快就能再長回來。話雖這麼說，她心裡還是有點難受。她飛呀，飛呀，除此之外，她還能做什麼呢？

隨後的幾個月裡，阿瑟緹絲期望的快樂並沒有到來。因為兩個「情人」沒完沒了地妒忌。總是那樣：看見那座石頭島，她就非常興奮，希望被「情人」熱情擁抱。返回的時候她卻沒有感受到想像中的快樂，只能用嘴角的一絲微笑掩蓋心中的苦澀。此外，總是同樣的對話，同樣的指責，同樣的承諾，同樣的結果：被拔掉更多的羽毛。她真的有點受不了了。一個「情人」把她碩大的翅膀揪扯得只剩下幾根黑色飛羽，另一個情人為了要讓她全身看起來勻稱一點，幾乎把尾巴上的白色羽毛都拔光了。現在，阿瑟緹絲每一次看完「戀人」，要飛走的時候都很困難。不是因為她沒有了衝上雲霄的渴望，而是因為體力不支。但是她別無選擇。她必須這樣飛來飛去，她就是無法停下來。

「別著急。」她有氣無力地說。她似乎已經分不清他們倆誰是誰了。他們的要求和行動如出一轍。有時候，她真不知道，她是和誰在做最後的告別。「我當然會回來。兩三天後就回來。」

她已經不想再抗爭。她那長滿雞皮疙瘩身體上的羽毛已經所剩無幾。她不知道自己正飛往哪個家，想得頭都疼了，乾脆就不想了。她集中注意力，用盡全身的力氣飛上藍天。羽翼豐滿的時候，氣流就像一座高山，她在波峰浪谷間滑翔，非常自如。可是現在，身上的羽毛所剩無幾，氣流裡似乎布滿了窟窿，若不搧動翅膀，她就會墜落。甚至就連天空，也和她作對，她想。在高高的雲層之上，要想飛起來，阿瑟緹絲得跟其他鳥兒一樣努力，然而在沒有羽毛的情況下，即使拚命努力，她的翅膀也依舊被凍僵了。沒過多久，她的肚子和背脊上都結滿了冰霜。

「太冷了，」她渾身顫抖著說，「以前我為什麼沒有注意到呢？這兒似乎是世界上最美麗的地方……」

冰迅速封住了她的嘴、她整個身體，像是被裝進了玻璃做成的繭裡。從雲端上墜落的時候，她變成一朵巨大的雪花，周圍是乳白色的大霧，什麼也看不見。落到海面上的時候，甚至連自己的影子也看不見。她沉到海底的岩石上休息，一動也不動。日復一日，年復一年。死一般的寂靜。「是」與「非」不可分割；思考和寂靜像癒合的傷口漸漸凝結在一起。冰開始融化，阿瑟緹絲掙脫凝結在岩石上的冰鎖鏈，隨著溫暖的洋流往上漂，終於得見天日。這顆冰繭漂流了好幾天，融化得更快了。她被海流和氣流雕琢著，琢磨成了人形，而鳥成為她的心臟，不斷拍打著沒有羽毛的翅膀，賦予漂泊者生命的力量。

戰爭的起源

The Origin if War

他成為有史以來行走在這塊土地上的第一個統治者，
一個尋找自己部族的戰士。

納克斯[1]是一隻紅袋鼠。要是兩條強壯的後腿直立起來，他就差不多跟金合歡樹一樣高了。他在那白草萋萋的遼闊沙漠荒原上跳躍著，奔跑著，速度像蜜雀[2]一樣快。袋鼠膽小、害羞，喜歡群居，納克斯卻和他們不一樣，他喜歡獨居，而且誰也不怕。他就是荒原之王。就連凶惡的澳洲野犬也害怕他的利爪，一聽見這隻人高馬大的袋鼠奔跑的聲音，就趕緊躲到岩石後面。

在這片荒原中，納克斯打遍天下無敵手，沒有一隻飛禽走獸動過他一根寒毛、撕破過他一小塊柔軟的皮毛。袋鼠們都讚美他，甚至嫉妒他的威武和王者風範，可是暗地裡卻又詛咒他快點死去。他們整晚都做著打贏納克斯的美夢。

有一天，納克斯碰到一群灰袋鼠躺在地上，沐浴在夕陽餘暉之中。西方遼闊的天空就像層疊著斑斕顏料的峭壁，閃爍著變幻莫測的色彩：粉紅、紫紅、

1 Knuckles，意為「指關節」。
2 Honeyeater，澳洲特有的一種鳥類，喙與舌均呈特殊的形狀，用以從花中採蜜。

緋紅色，地平線上則閃耀著藍、綠、金黃相間的瑰麗色彩。夕陽好像占據了整個天空，灰袋鼠和它之間只有那一片荒原。他以前從來沒有見過這群袋鼠，心臟劇烈地跳動著，準備迎接一場新的戰鬥。他舒腰展背，尾巴像船舵一樣掌控著方向，猛然跳起，幾乎就要像落日一樣高了。灰袋鼠四散而逃。可是，等到塵土落地，還有一隻灰袋鼠挺立在荒原之上。這隻袋鼠幾乎跟納克斯一樣高，而且很年輕。他朝大紅袋鼠冷笑著，做好迎戰的準備。

「久仰大名。」他說，分開兩條後腿站立著，用尾巴支撐著保持平衡。「在下一直想見見你。」

納克斯兩條「胳膊」抱在胸前，看到灰袋鼠沒有再說什麼，便咆哮著說：「我是納克斯，袋鼠之王。我力大無比，在這塊土地上誰都無法和我相比。我出生的時候，就有人預言，沒有任何動物能取我的性命。我戰無不勝。滾蛋！要不然就準備送死。」

灰袋鼠聽他說完之後，沒有轉身逃跑，而是緊緊抓住紅袋鼠的兩條「胳膊」。

他的長尾巴像拋到水中的錨，把碩大的身軀穩穩當當固定在荒原之上。然後伸出像刺刀一樣鋒利的爪子，從紅袋鼠的胸口劃了下去。

灰袋鼠的敏捷讓納克斯吃了一驚。他對自己微笑著，心想，終於有一場真正的戰鬥了。那一刻，他看見蜘蛛的細絲從雪松枝頭垂了下來，在微風中輕輕晃盪，有節奏的蟬鳴越發突顯了波浪般起伏的岩層和沙丘的寧靜。他發現自己很欣賞那種鮮血流出來在傷口表面慢慢凝固的感覺。他十分輕蔑地舔了舔胳膊，挺起胸朝敵人猛撲過去。灰袋鼠被紅袋鼠掐住脖子，不由得大叫一聲，鮮血順勢流出。

納克斯忍不住繼續叫罵：「也許你不是你娘生的，你不是動物。」[3]他嘲笑著，「因為只有那樣，你才能打敗我。我是納克斯，袋鼠之王。我是所向無敵的！」

3 因為納克斯說自己所向無敵，沒有動物能傷害他，所以在他的想法裡，只有在對方不是動物的狀況下，才能打敗他。

兩隻碩大無朋的袋鼠扭打成一團，就像一陣龍捲風，在荒原上踢打，抓咬，旋轉。這是這塊土地上從來沒有發生過的惡戰。所有的動物都來觀戰。他們一會兒看到紅袋鼠占上風，一會兒看到灰袋鼠占上風，就像坐在蹺蹺板上，完全猜不出誰會獲勝。

不過灰袋鼠有一個優勢，他對周圍的環境很熟悉，而納克斯是「入侵者」。年輕的灰袋鼠慢慢地將大紅袋鼠引誘到懸崖邊。惡戰掀起的塵土障蔽了納克斯的視線，他沒看見危險就在眼前。這時，灰袋鼠用盡最後一點力氣，朝納克斯猛撲過去。納克斯後退兩步，一閃身，想躲過這一記重擊，結果失去平衡，掉到懸崖下面的大海中。塵埃落定之後，看熱鬧的動物們驚訝地發現，站在他們面前的不是納克斯，而是灰袋鼠。他們經常聽納克斯說，這個世界上沒有人能取他的性命；經常看到他作為勝利者，從戰場上得意洋洋歸來。於是，大夥兒漸漸相信，他永遠不可能被打敗。現在，他們都低著頭站在那兒，一句話也說不出來。

「我是你們的新王，」灰袋鼠大聲說，「原來的王已經葬身於我腳下的大海。他的時代已經結束。」

說完這番話，他便慢慢地、一跳一跳地走了，尋找一片樹蔭作為庇護所，躲在那裡慢慢養傷。他經過時，動物們都害怕地往後退了幾步，壓低嗓門說：「王死了。吾王萬歲！」

其實，王並沒有死。墜入大海的時候，紅袋鼠納克斯暈了過去。可是第二天早晨他就已經清醒過來，找到逃生之路了。懸崖又陡又滑，被浪花永無休止地沖刷著，納克斯根本沒辦法跳上去。他折騰了整整一天，累得筋疲力竭，只好大聲呼救：「救救我！我是納克斯，袋鼠之王。沒有動物能夠取我性命，我是所向無敵的。幫我從這裡逃走，你要什麼我都會給你！」

日升又日落，無人回應他的呼救。袋鼠從來沒有看過這樣的星辰，漆黑夜空像是最精緻的蕾絲，網眼多不勝數，細碎微光由此傾瀉而下，高掛空中如薄霧環繞。第三天，就在納克斯完全絕望，準備把大海當作葬身之地、憤怒地詛咒自己永遠不死的預言時，瞥見懸崖邊探出一隻袋鼠的小腦袋。

「納克斯，海水的滋味如何？」袋鼠一邊叫，一邊回頭朝陸地的方向張望。很久以前，這隻大紅袋鼠搶了他的伴侶。當時，他沒有勇氣和這位袋鼠之王打架。現在，小袋鼠剛剛從一場吞噬整個荒原的大火中逃脫。他覺得終於找到報仇雪恨的機會，即使賠上自己的一條命也心甘情願。

「棒極了！」這位大英雄狡猾地回答道，「你為什麼不像我一樣跳下來，涼快涼快呢？」

「好吧。」小袋鼠回答道。他又非常害怕地回過頭看了一眼正在吞噬整個荒原的憤怒巨獸，撲通一聲跳進水中。「你說的沒錯，」他說，「真不明白，為什麼我們袋鼠那麼害怕大海呢？我們錯過了多少樂趣呀！」

在小袋鼠享受過海水的清涼之後，納克斯對他提出這樣一個問題：「可是沒有離開這兒的辦法呀，」他說，「除非你讓我爬到你的肩膀上先上去。等我爬上懸崖之後，再把你拉上去。」

「真希望這個主意是我想出來的。」小袋鼠臉上又露出微笑。他無法相信這個老傻瓜輕而易舉就落入圈套。「你不但是世界上最強壯的大王，還是最聰明的大王。」

小袋鼠一邊說，一邊站起身靠在懸崖邊上。碩大結實的納克斯縱身跳到他的肩膀上，鋒利的爪子陷進小袋鼠的肉裡，疼得他齜牙咧嘴。大紅袋鼠先是稍微蹲下，接著飛身躍起，平平安安落到懸崖邊上。

「傻瓜！」納克斯對小袋鼠大聲說，「你跳進水裡時應該先弄清楚情況再跳！你以為我會因為你救了我而救你嗎？我要是救了你，你一輩子都會拿這件事說嘴。現在，我要打架去了。但願你能碰到一個跟你一樣蠢的人來救你。」

「我已經發現一個比我還要傻的大傻瓜了，」小袋鼠笑著說，「你再也不能羞辱你的同胞兄弟了。」

納克斯一個字也沒有聽見。當他轉過身從懸崖旁邊向樹林跑去時，小袋鼠剛剛逃脫的大火已經燒到眼前。火焰伸開可怕的魔爪，緊緊地擁抱紅袋鼠。

「天啊！」納克斯叫喊著，棕紅色的毛著了火，血液被火燒得沸騰起來。「啊，該死的大火！它可不是動物啊！它不是爹娘生出來的！這下我真的玩完了！」

他叫喊著，把生命乖乖交給無情的大火。奇妙的是，就在他的毛失去顏色、化為灰燼、肌膚也被烤乾的時候，一個沙漠幽靈在他身上灑下一層細密的水珠，納克斯在悶燃的煙火中變成沙土。狂風吹過，一具袋鼠化石出現在人們眼前。納克斯栩栩如生，好像剛剛被剔去皮肉，留下一副巨大的骨架，球狀關節環環相扣，頭顱骨像個頭盔。不可思議的是，雖然有的地方骨頭不復存在，但脈絡依然清晰可見。化石裡走出一個身穿紅棕色制服的男人。他肩扛亮閃閃的肩章，胸前佩戴五顏六色的勳章，頭上戴著頭盔，一支步槍立在身旁。步槍槍筒到他的下巴，槍筒上方還插著一把刺刀，在一彎新月的照射下閃著銀光。刀尖宛如大袋鼠納克斯的利爪。

他成為有史以來行走在這塊土地上的第一個統治者，一個尋找自己部族的戰士。

建築的誕生

The Birth of Architecture

她像平時羨慕的那些昆蟲一樣，也吊在蛛網上，不知道如何解脫，
成了自己夢寐以求、親手編織的羅網的犧牲品。

斯平德爾[1]是所有蜘蛛的笑柄。她已經快滿一歲了，卻還沒有學會織網。然而，不管她怎麼悲嘆自己的命運、抱怨這個世界，母親都不肯告訴她織網的祕訣。因為斯平德爾出生後不久，她媽媽就做了一個夢。她夢見自己將會有一個孩子死在網上。至於為什麼會死，就不得而知了。但是自此之後，她就不敢織網，也沒再生孩子了。斯平德爾是她在這個世界上唯一的親人，她無論如何也不能失去女兒。

別的蜘蛛的嘲笑當然刺痛了斯平德爾的心，但這還算不了什麼。最讓她痛苦的是，沒有屬於自己的家。如果這個土堆上的窟窿、這塊石頭上的縫隙能永遠屬於自己，她情願放棄一切，包括友誼，甚至愛情。每天夜裡，斯平德爾都在織想像中那張最華麗的大網，可是天一亮，便將那張網撕了下來，或者留給其他蜘蛛享用。媽媽把她拖到另外一個邊陲之地。

1 Spindle，意為「紡錘」。

她們母女倆每天夜裡都到不同的地方。有一次，她們來到一座很高的山崖上一個非常隱蔽的小洞裡。從那裡看得見整個藍色的峽谷。山洞後面有成百上千座蜂房，看起來就像從洞頂長出來的鐘乳石。洞裡到處都是蝙蝠糞。黃昏時分，蝙蝠像被壓扁的樹葉一樣，吊在岩石上，晃來晃去，瑟瑟抖動，然後像影子一樣，成群結隊地飛了出去。

有一天晚上，一棵大樹樹根旁邊的岩石下方，飛來一隻貓頭鷹。斯平德爾聽得見這隻貓頭鷹飛來飛去的聲音，但從來沒有看見過他。還有黑蛇，雖然看起來體重也不輕，但像水中的魚一樣，跑起來毫不費勁。地上到處都是枯枝落葉。斯平德爾彷彿看見落葉下的泥土有一種顏色，那是樹葉燃燒時冒出來的縷縷青煙的色澤，只是目前並沒有燃燒。那就像是很久很久以前，大地將煙吸進肚子裡，現在正慢慢地呼出來。斯平德爾看到的正是那種顏色。那是天空透過霧霾在幽幽黑水上反射留下的印記。墨色透過空氣，宛如水從棉布上滲過，總是在移動、閃爍，閃爍、移動，猶如一棵棵枝繁葉茂的樹在山坡上行走，不停地變換著形狀和色彩。斯平德爾心想，如果你坐下來好好地看著同一棵樹，就像海星、黑雁，或只是一隻普通的蜘蛛那樣牢牢盯住，你就會看到樹在移動——樹葉輕輕搖曳，樹枝瑟瑟抖動。

「我們有可能停下來，不再到處跑嗎？」斯平德爾經常懇求媽媽，因為她喜歡生活安穩。「我們為什麼不能停下腳步，為自己織一張網，並且好好待下來呢？不需要織太大，夠我們兩人住就行了。媽媽，我向你保證，除了這張網，我什麼都不要。只要有一個家，我就會快樂一輩子。」

這番話，斯平德爾的母親聽了不下一千次，可是每次聽到都像第一次聽到那樣傷心。然而她情願忍受這樣的痛苦，也不能拿女兒的性命冒險。「寶貝啊，我們要網做什麼呢？只有那些沒有毒液的蜘蛛，才需要在空中搭建醜陋的城堡。虛榮！我們在地面上行走，安全、自由、受人尊重，什麼都不缺。是那些傢伙嫉妒我們，親愛的，是他們……」說到這裡，媽媽不知道還能說些什麼，只好閉上嘴巴。

有一天，她剛把女兒從背上放下，像平常那樣安慰她，一陣奇怪的呱呱聲打斷了她的話。她還來不及再開口說話，一隻大牛蛙便從黑暗潮濕的灌木叢裡頭跳出來。他咂了咂舌頭，把那隻大一點的蜘蛛一口吞了下去。斯平德爾爬到牛蛙的胸口，倖免於難。牛蛙跳到附近一個池塘，游到一片睡蓮葉上。那兒是他的家。這一切發生得那麼突然，就像一場夢。媽媽不見了，小斯平德爾一個人孤零零地待在睡蓮葉上，周圍是茫茫汪洋[2]，旁邊躺著已經死去的牛蛙。原來媽媽被他吞下去之前，把足夠殺死一隻牛蛙的毒液噴到他的舌頭上，才救了女兒的性命。她臨死的時候沒有多想自己悲慘的結局，卻詛咒命運為什麼喜歡在夢中欺騙天真無邪的人們。她覺得自己真傻，居然相信女兒會在一張網裡死去？真是個傻瓜！如果一隻蜘蛛連網都不會織，那算什麼蜘蛛啊！

但是，命運之神的擺布並沒有就此結束。

2 對斯平德爾這隻小蜘蛛來說，池塘就像海洋那麼大。

斯平德爾對此當然一無所知。她嚇得縮成一團，渾身顫抖。記得她曾經暗地希望母親死去，可是現在，當自由終於降臨之後，她卻只希望媽媽回到她身邊。她無法相信媽媽已經離她而去。「這只是一場騙局。」她想。「媽媽想讓我明白世界上還有比家更重要的東西。好了，媽媽——」她朝連天碧水呼喊著，「我已經學到教訓了，再也不會抱怨了！你快回來吧，我嚇壞了。」她的哭喊聲像扔到池塘裡的石子，消失得無影無蹤，連回音也沒有。

她突然眼前一亮。也許媽媽在考驗她。以前沒有人告訴她，因為誰也無法告訴她。這是一個祕密，是個無法被教導的東西。母親就是能知道女兒是否已經準備好了。回首往事，斯平德爾現在明白了，在蜘蛛漫長的歷史中，成千上萬隻蜘蛛媽媽把不領情的兒女送到睡蓮池，讓他們自己學會織網的技術。斯平德爾十分懊悔。不過即使這樣，一想到自己——一隻已經長大的蜘蛛，在池塘旁邊見到母親，向她真誠道歉，並且展示身後那張美麗的大網時，她心裡還是充滿喜悅。她從牛蛙腫脹的脖子上吸了點汁液，開始思考如何織網。

頭幾天，任何困難都不會讓斯平德爾意志消沉，儘管她對如何克服碰到的困難依然一無所知。可是隨著時間流逝，牛蛙漸漸腐敗、分解、消失，她覺得那個幽靈又再次出現了。她餓得要命，卻束手無策，不知道該做什麼。她知道，其他蜘蛛（包括媽媽）都碰到過這樣的挑戰，卻都迎向挑戰，贏得了勝利。她哭了起來，討厭自己，覺得自己不如去死。一個連網都不會織的蜘蛛還能做什麼呢？就像那個已經變成骷髏的牛蛙，斯平德爾也慢慢日漸消瘦。她肚子下方的紅色「沙漏」，由於生命的「細沙」從狹窄的「瓶頸」一點一點流出，變得越來越小。

隨著血肉日漸乾枯，「沙漏」被黑色的「細沙」掩埋，斯平德爾覺得已經乾癟的身子後面，有一個她以前從來不知道的東西。原來那是她的絲囊。斯平德爾羞愧難當，就在她不知道如何是好的時候，吐絲器開始旋轉，吐出第一縷漂亮的蛛絲。

「這就對了！」她嘆了一口氣，對自己說，「你必須經歷種種磨難，才能知道吐絲織網的祕訣。難怪以前沒有人告訴過你。」

斯平德爾躺在睡蓮葉上，一開始嚇得要死。蛛絲在她背上旋轉，那是一種奇妙而又愉悅的感覺，彷彿一顆顆晶瑩剔透的露珠正滾落下來。為了延長自己的快樂，她開始慢慢地吃睡蓮的葉子，把一團團彩雲般的蛛絲拋到空中。等到睡蓮葉被她吃得只剩下一點點的時候，她把它一口吞掉。那玩意兒也變成一片「雲」，把她帶到空中。微風吹著那張美麗的漩渦狀蜘蛛網，飄過池塘，最後在兩棵垂柳之間搭起一座橋。斯平德爾宛如自己夢中那位走鋼絲的雜技演員，站在空中，然後一吋一吋地沿著蛛絲，向對面的柳樹爬過去。

如果不是碰到一個小問題的話，斯平德爾本來可以在空中悠然自得地爬行。她學會了織網，卻沒有人教她如何爬過一張網。她每往前邁一步，另外一條腿就被蛛絲纏繞，直到八條腿都陷入羅網。而且越掙扎，纏得越緊。最後，斯平德爾像自己平時羨慕的那些昆蟲一樣，也吊在蛛網上，不知道如何解脫，成了自己夢寐以求、親手編織的羅網的犧牲品。

這隻在閃閃發光的蜘蛛網上掙扎的黑色小蜘蛛，沒多久就吸引了幾隻翠鳥的注意。他們都飛了過來，在斯平德爾頭頂上盤旋。斯平德爾只顧想著如何走出這張美麗的大網，對即將到來的危險渾然不覺。直到她被一隻翠鳥從空中叼走，又被翠鳥喙裡的一片黑暗包裹，才發現脫身的祕密。蜘蛛網像水一樣，從她身上剝離下來。「黑暗，」她悄聲對自己說，「必須閉上眼睛。」

現在，她在黑暗的鳥喙裡閉上眼睛，終於看到媽媽的夢。她伸出毒牙，咬了一下翠鳥的喉嚨。中了毒的翠鳥像一團火般落到池塘裡。他落到水裡，甚至沉到水底也還是像一團火焰，沒有死。過了一會兒，翠鳥像一輪燃燒的太陽，從水面升起，圓鼓鼓的肚子裡，伸出兩隻蜘蛛的手。那手又大又壯，被燃燒的火焰燒得通紅，撥開碧波，游過微微閃著光的池塘，爬到岸上，挖起一堆堆泥土，拍拍打打，為自己塑造出一個身軀。這個身軀像是扎了根，站在那兒。在那雙手活動之前，還沒有生命。

死亡的起源

The Origin of Death

他永遠都不會有名字，
儘管在我們的語言裡，有人稱他為「藝術家」，
有人叫他「詩人」或者「吟遊詩人」。

托蒙特[1]戀愛了。可是愛情並沒有讓他快樂，只為他帶來絕望。因為托蒙特命中注定，他這輩子什麼都可以愛，就是不能愛自己的同類。他還記得父親因為發了瘋似地愛上月亮抑鬱而死，母親則暗戀一塊石頭，因此日漸憔悴。他的同類一個接一個離開這個世界，滿懷愛，卻不被愛。花兒、高山、海洋和夢境幾近殘酷的冷漠，讓他們心力交瘁。小時候，母親就為他說過關於每一根樹枝、每一顆砂礫的故事，警告他不要被影子般潛藏在自己內心深處的瘋狂迷惑。有段時間媽媽的話非常管用，托蒙特滿懷對這世界的憎恨，悄悄地四處徘徊，用復仇的爪子撕破樹皮，朝每一個活物齜牙咧嘴。可是沒有一個生命體能夠獨自生活在仇恨中。托蒙特，最後一隻袋狼恐懼地嚎叫著。因為漸漸地，他開始屈服於世界的美，內心深處那個毀滅性暗影的爪子也越來越犀利。

起初並沒有什麼大礙。他朝落葉微笑，桉樹皮紋在他眼裡宛如連續不斷的泡泡，他還會輕輕拍打長滿苔蘚的岩石。雖然得不到回應，也覺得快樂。流動

1 Torment，意為「磨難」。

的熱氣似乎刻印在空氣中，像個模糊不清的爪印，一道道漩渦，微光閃現。寂靜。彷彿永遠不會停歇的蟬鳴。樹影下飛出的蛾像一團朦朦朧朧的煙霧，在月光下閃閃爍爍。「怎麼能不愛上這美好的一切呢？」他心想。於是，他下定決心，要用愛的力量磨去這個世界固執的冷漠。挑戰讓他內心充滿快樂，而那個影子的利爪也越來越鋒利。

有一天早晨，他看見遠方點綴著森林的地平線，升起一道金色光芒，不由得用尾巴輕輕地拂了拂旁邊的蒲公英。太陽回應他的祈禱，冉冉升起。剎那間，他的心彷彿停止了跳動，耳朵抽搐著，淚水奪眶而出。托蒙特小心翼翼走過蘇鐵樹林，希望在陽光照耀之下，他會知道該怎麼辦。他長這麼大還沒有這樣害怕過。

托蒙特終於走到那片林中空地時，簡直無法相信自己的眼睛。他看見一隻羽翼豐滿的鷹正在寧靜的晨光中梳理金色的翅膀。「太陽把自己變成了一隻鳥。」袋狼想，激動得滿臉通紅。站在這隻年輕的金鷹面前，他不知道該如何是好。從看見這隻在他面前天真無邪地跳來跳去的鳥兒開始，他就要被愛一點一點吞噬，就像他的父母親那樣。他明白除非如願以償，他永遠無法逃脫那影子的利爪。沒有別的可能。

就像影子倏然飛出，他不假思索，脫口而出：「你終於來了，奇妙的神！」他叫喊著，發了瘋似地朝那隻鳥撲過去。

金鷹只顧梳理羽毛，大吃一驚，沒有立刻對這隻猛撲過來的袋狼做出反應。直到他那雙還沒有經過訓練的爪子抓上了自己的胸口，才嚇得大叫起來。

「救命呀！快來救我！」她尖叫著，跌跌撞撞地往後退。「你要幹什麼？我不是神，我是一隻鳥。」

「什麼？」托蒙特鬆開爪子。「今天早晨我看見你從天而降，像初升的太陽，一縷陽光。我愛你……」

「老虎[2]不可能愛上太陽。」金鷹大聲說，不再害怕。「而且即使你能，我也

2 袋狼，又名塔斯馬尼亞虎，因身上有類似老虎的斑紋而得名，所以此處金鷹將托蒙特錯認為老虎。

不是太陽。」

好似為了證明她說的是實話，鷹媽媽突然從雲端飛下。她無法忍受女兒被一隻粗魯的野獸「染指」。「她可不是讓你玩的，」她尖叫著，落到托蒙特身邊，「你殺了我吧！」

「我不想殺太陽。我愛她。為什麼沒有人相信我呢？」

「太陽？」

「他認為我是太陽。」小金鷹說，儘管還在袋狼的懷抱中掙扎，卻平靜了許多。「把實情告訴他。我是月亮，你才是太陽。他不相信我的話。」

「是真的嗎？」袋狼飛快地瞥了一眼鷹媽媽。

「當然是真的。」鷹媽媽點了點頭。她意識到這個傢伙一定是瘋了，膽子也大了起來。「我真的是太陽，她是我的女兒，落地的月亮。我是來帶她和我一起回天上的。」

「不，你不能這樣做！」托蒙特生氣地嚎叫著，把那隻嚇壞了的鳥兒抱得更緊。「照你這麼說，我愛的是月亮，不是太陽。我愛月亮。讓她和我一起待在這裡吧，有什麼壞處呢？天上有那麼多星星、月亮，還有星球。如果你把她從我身邊搶走，我會不知道該怎麼活下去！」

袋狼說這番話的時候，把小金鷹緊緊抱在懷裡，直立起後腿，看著她渾身顫抖的媽媽。或許他應該再做點別的事，可是那一刻他連自己也不認識了。他彷彿在烈焰中燃燒，看不見未來，也看不到過去，眼中只有此刻。

鷹媽媽也無法控制自己，思緒彷彿風暴中的樹葉，不停地旋轉。「她當然可以待在這裡。」話音剛落，她就責備自己，怎麼會說出這樣一番話來！可是這的的確確出自鷹媽媽之口。她無法讓腦海中旋轉的風暴停息。「她愛你。我原本是想跟她講道理，讓她腦子清醒一點……你不該責備一位母親，對吧？……這些年，她一直在天上看著你，再也忍不住了……」這些話本身彷彿就有生命，因為恐懼而變得狡詐。「她愛你，但又怕你。你可以和她結婚。我現在就祝福你們。但是，你必須拔掉牙，砍掉爪子。」

托蒙特高興得發狂，一鬆手，小金鷹掉在地上。他因愛瘋狂，忘記她，忘記一切，只是沒完沒了地轉著圈，追逐自己的尾巴。「終於有人愛我們了，我們沒有白活！」他對那個無處不在的影子大聲叫喊。影子炸開渾身毒刺，沉入他的心底。

他已經神志不清，開始咬自己的爪子。他全身麻木，不覺得疼痛，也看不見殷紅的血汩汩流出。接著他用已經失去利爪的兩個前爪抓起一塊石頭，使勁朝自己的牙齒砸去。他的嘴巴頓時鮮血迸流，幾顆獠牙也掉了出來。那真是可怕的一幕。鷹媽媽趕快把女兒摟到翅膀下逃之夭夭。她雖然鬆了一口氣，但很是羞愧。因為那隻發了瘋的袋狼畢竟是因為她，才把自己搞得慘不忍睹的。鷹媽媽心裡突然充滿憐憫，可是不忍心也不敢回過頭看一眼渾身是血的袋狼，更不能讓女兒看。金鷹母女消失在雲彩之中。

托蒙特不知道她們已經消失。那彷彿是一座海市蜃樓，轉瞬即逝。鮮血從嘴裡和掌中不停地流出。他拱起腰，揚起細長的口鼻，伸長尾巴，在早已消失的金鷹母女面前走過來走過去，展示自己最引以為傲的黃褐色毛皮上的黑色斑紋。當他終於睜開眼睛的時候，他才發現母女倆早已無影無蹤。無論他多麼想見小金鷹，無論他怎麼從心底呼喚她，她那美麗動人的身姿卻好像滲進沙子裡的水，再也沒有出現。袋狼被騙了。

他開始嚎叫，起初聲音不大，可是越來越悲傷，越來越淒涼。他開始感覺到爪子鑽心的疼，嘗到嘴唇上已凝結血液的血腥味。曾經被他劃破樹皮的樹木開始報復。當他從它們身邊走過的時候，就伸出樹枝肆無忌憚地抓扯他的皮肉；曾經被他踐踏過的野花，也像荊棘般戳刺他柔軟的腳掌。托蒙特吃不下，睡不著，滿懷著憂傷的他，也提不起勁出去溜達。他那麼熱愛的世界無時無刻不在折磨他。大自然變成一把宰割他的刀。

他也能感覺到內心深處的痛苦。那個影子的利爪，從他出生就不停地長，現在正抓撓著、擠壓著他的心，直到淚水流成河，一點一點地沖刷走他的血肉，再把土變成泥，埋葬了他的屍骨，終於形成一具完美的化石。歲月悠悠，人們遺忘了塔斯馬尼亞的最後一隻袋狼，甚至不記得關於他們的故事。許多許多年以後，當一具人形化石從泥土中赫然顯露的時候，誰都不知道他是誰，只覺得那是沙漠上一枚巨大的足跡。但是，時至今日我們依然能夠看見一個幽靈從地面升起。他穿越的石頭，在他經過的瞬息之間會呈現出他的形狀。幽靈出現時，隱沒在黑暗中，誰也看不見，但是在他被推出地面的地方，有隻手可能洩露了他的蹤跡，使得一顆腦袋，一根手指，一道破碎的光暈在撤回岩石前，展示在人們眼前。也許這是一種有目的的撤離，因為有誰能夠擺脫大地的束縛呢？如果我們長時間凝視碎裂的石頭，就像我們盯著天空或者冬天的霧，或者野獸的內臟，就會看到有東西在迎接我們。那東西既非來世，也非奇蹟般的復活。雖然聽起來異常玄妙，實際上並不複雜。他永遠都不會有名字，儘管在我們的語言裡，有人稱他為「藝術家」，有人叫他「詩人」或者「吟遊詩人」。

政治的誕生

The Birth of Politics

她要把我吸乾。

可是她做夢也想不到把我吸乾之後會發生什麼事情。

現在她明白了。

梅塔嗜血。她是個美食家，從眼鏡蛇的冷血到袋鼠的甜血，她都要品嘗。有時青蛙在她吸血的時候想一口把她吃掉，野狗想用尾巴打死她。可是她的動作比誰都快，就連從天空猛撲下來的喜鵲也不是她的對手。所以，她想吸誰的血就吸誰的血，根本用不著擔心什麼危險。可是沒有挑戰就沒有快樂，時間一長，她便覺得索然無味。蚊子梅塔由此認識到，什麼都有等於什麼都沒有。

她決定改變自己的生活方式。她將變成第一隻只忠於一個宿主的蚊子。她想，只有和某人建立長期的關係，只有對她的食物有充分的了解，才能再次找回生活的樂趣。她決定，下一次碰到的動物不管是誰，都將是她終生的宿主。

她沒等多久，就看見一個胖嘟嘟的棕黃色毛鼻袋熊搖搖晃晃走了過來。他是陸地上走得最慢的走獸，雖然爪子很有力、很鋒利，但性格溫順、舉止文雅，即使最凶殘的食肉動物，見到他也都很客氣。他在這個世界上，沒有任何敵人。梅塔快樂地發出哼哼的聲響。她以前嘗過毛鼻袋熊的血。黏稠、味道很濃，喝了以後容易頭暈。毛鼻袋熊的腿很短，身上有好多地方自己抓不到，所以她可以趴在他的背上，待幾個小時也不被打攪，安安靜靜地跟他聊天。他們倆一定會成為好朋友。

「哎呀！」毛鼻袋熊叫了起來。他被刺扎了一下，笨手笨腳地在灌木叢裡找了半天也沒有找到是誰幹的。他從來不相信鬼怪，可是這次他覺得真的是「活見鬼」了。不過，沒花多長時間，他就意識到扎他的刺是活的。他又一次成了那個只聞其聲，不見其人的傢伙的犧牲品。以往的經驗告訴他，做什麼都沒用。在嘩嘩響的枯枝落葉上打滾，或者在坑坑洞洞的桉樹樹幹上磨蹭，只會延長那種疼痛的感覺。他只能聽天由命，繼續跌跌撞撞地往前走，等那隻可恨的蚊子吃飽之後滾蛋。

「你為什麼不跟我說話？」在毛鼻袋熊背上不動聲色地吃喝了兩天之後，梅塔問道。她的楊柳細腰和修長的美腿已經腫脹得不成樣子，從毛鼻袋熊後背爬到耳朵旁邊，嗡嗡嗡地叫了起來。毛鼻袋熊覺得她好像在他腦袋裡面說話。那聲音不疾不徐、如泣如訴，很不吉利，和這個壞傢伙平常風風火火、螺旋似地轉來轉去形成鮮明的對比。

「滾開！」他生氣地喊道，「你為什麼不能讓我清靜一會兒？我已經讓你喝了我的血，你還要什麼？」

「做你的朋友。」她在他的耳朵裡嗡嗡嗡地說。

毛鼻袋熊驚訝得差點說不出話來。「你怎麼能和別人做朋友呢？」

梅塔狠狠搧了幾下翅膀，毛鼻袋熊覺得彷彿有萬鈞雷霆從他腦海中滾過。「好了，」她咆哮著說，「如果你是這樣對待朋友的，接下來我會讓你的生活變成地獄。」

梅塔倒是說話算數。自此之後，無論白天還是夜晚，她都在螫可憐的毛鼻袋熊，並且吸他的血，吃到胖得像紐西蘭鸚鵡。可憐的毛鼻袋熊一天比一天虛弱，精神開始錯亂。她要慢慢地把他折磨死。

有一天早晨，毛鼻袋熊的膝蓋疼得直打彎，眼前出現了種種幻覺。他頭頂的樹枝之間有一張蜘蛛網。網上那隻蜘蛛一直在觀察這隻該死的蚊子如何折磨可憐的毛鼻袋熊。他悄悄爬到毛鼻袋熊耳朵旁，壓低嗓門說：「我可以幫你。」他說：「今天夜裡，你只要把她從你身上支開一會兒，我就能給她點顏色瞧瞧！」

毛鼻袋熊眨著眼睛，看著蜘蛛沿著那個看不見的梯子向天空爬去。整整一天，他的話一直在耳邊迴盪。夜幕降臨之後，他絞盡腦汁，想把那些瘋狂的念頭從腦海裡驅趕出去。當第一縷月光終於照到那隻蜘蛛身上時，毛鼻袋熊終於知道他該怎麼做了。

「對不起，」他對正趴在他脖子上貪婪地吸血的蚊子說，「我過去對你的態度太不好了。如果你能接受我的道歉，我願意和你做朋友。我們來玩個遊戲。」

梅塔從毛鼻袋熊的粗脖子上拔出正在吸血的「針管」，高興地哼哼著，在毛鼻袋熊眼前飛來飛去。她因為驕傲，很容易上當。「你想玩什麼？」她連連問道，「你想玩什麼？」

「玩捉迷藏怎麼樣？」毛鼻袋熊說。「閉上眼睛，數到一百再睜開。我去找個地方躲起來。」

「太好了，」梅塔哼哼著說，「萬歲！」

她從倒楣的毛鼻袋熊身上飛下來，閉上眼睛開始數數。毛鼻袋熊嘴角掛著微笑，沒有動。黑暗中，蜘蛛在他和蚊子之間開始織網。數到一百時，那道看不見的網已經掛在空中，細密的蛛絲一碰就輕輕顫動。

「太容易了。」梅塔睜開眼睛，看見毛鼻袋熊黑魆魆地站在夜幕下，抱怨起來。她又伸長嘴巴，向毛鼻袋熊的胸脯衝過去。可是這一次沒能如願，蜘蛛布下的羅網已經把她包圍。她聽見毛鼻袋熊在她下方哈哈大笑。一隻很大的黑蜘蛛正跨過那張網向她爬過來。

「明白了嗎？」毛鼻袋熊嘲笑道，「我只是教教你怎麼和朋友玩。」

可是大蜘蛛低估了蚊子的力量。他忘記梅塔已經被毛鼻袋熊的血養得很大很大。等到他爬到她面前的時候，梅塔已經在網中間撕開一個大窟窿，一直把他趕到樹皮上面一個狹窄的小縫裡。

梅塔因為被出賣氣得發瘋，她繞著毛鼻袋熊的臉嗡嗡大叫，嘴裡的利劍一次又一次地猛扎他的臉頰、額頭。毛鼻袋熊疼得要命，大叫著，倒在地上，頭和身子沾滿了泥巴。

毛鼻袋熊在泥裡打滾的時候，梅塔在他身邊飛舞著，發了瘋似地哼叫。她左躲右閃，生怕被他那笨重的身軀壓住。這時候，毛鼻袋熊想出了一個辦法。他能感覺到黏在身上的泥巴乾了以後，就會凝成一個硬殼。只要還有力氣，只要能一直在泥巴中滾來滾去，他就可以幫自己做一件針插不進、水潑不透的防護服。梅塔不知道毛鼻袋熊心裡打的是什麼主意，不耐煩地等他耗盡力氣，怒火越燒越旺。

「你罪有應得。」梅塔惡狠狠地說。毛鼻袋熊筋疲力竭倒在地上。「我要把你吸乾！」

毛鼻袋熊嚇得渾身發抖，梅塔巨大的身影在他頭頂盤旋，翅膀像浪花一樣起起落落。現在，全靠這身泥巴防護服了。如果梅塔的利劍能穿透這層泥巴，他就必死無疑。

萬籟俱寂，梅塔收回翅膀，不再飛舞。她發現熱浪在黑暗中打開一條通道。她從無形的牆壁之間俯衝下去，把利劍深深地刺向毛鼻袋熊的心臟，或者她以為是心臟的地方。可是，毛鼻袋熊身上的泥巴像一個緊握的拳頭，把她抓在手裡。她掙扎著，想把利劍拔出。可是她彷彿落入陷阱，越掙扎，陷得越深。

太陽升起，陽光在樹梢上搖曳。毛鼻袋熊醒來後，驚訝地發現自己還活著，泥巴乾了之後緊緊地裹在身上，形成一個殼。他像蠶繭裡的蛹，扭動著身體，從那個殼裡鑽出來。他簡直無法相信自己的眼睛。那個殼居然是他的塑像。如果不是因為塑像身上沒有毛，連他自己也分不清誰是誰。看到這奇異的景象，他十分高興，不由得朝叢林居民叫了起來：「快來看呀！看看我的雙胞胎兄弟！」可是那個塑像開口說話時，他嚇了一大跳。

「救救我，毛鼻袋熊，」梅塔哀求道，那聲音裡似乎帶著淚水，「我的鼻子被黏住，飛不起來了。」

這時候，來了一大群動物圍觀這個奇怪的泥巴毛鼻袋熊，可是誰也不敢走過去摸摸他。他們都納悶起來，自己的老祖宗是不是也是泥土變的。毛鼻袋熊看了哈哈大笑。

「別擔心。」他咧嘴笑著，在叢林居民圍成的圈子裡走來走去。「這都是蚊子的功勞。她要把我吸乾。可是她做夢也想不到把我吸乾之後會發生什麼事情。現在她明白了。」

大夥兒圍著那個塑像又唱又跳，還不住嘴地嘲笑蚊子。他們無法相信，她會落得這樣一個下場。

「哦，快把我放開，」梅塔哀求道：「別讓我死在這堆沒有生命的泥土之上。」

可是叢林居民太高興了，就像沒有聽見似的，繼續載歌載舞。梅塔用盡最後一點力量扭動著、掙扎著，先是折斷了腿，接著嘴裡那把利劍斷成了兩截。最後翻了一個筋斗，跌落到毛鼻袋熊塑像腳邊的枯葉上。大地在叢林居民的歌舞聲中顫動。圈子越來越小，各種動物的爪子、蹄子、腳，把梅塔踩死在泥土之中。

陽光照耀著那片林中空地。寂靜中，一個女人從毛鼻袋熊塑像的影子下走了出來。她投下的影子飄飄緲緲，臉、胳膊、頭髮都飄散開來。宛如冬天從「人群」中無聲無息地走過，消失在樹林之中……

智慧的誕生

The Birth of Wisdom

她想證明水中的影子不是自己，本來就是錯的。現在她為此付出了代價。

愛可[1]沒認出深潭裡的那個奇怪傢伙是誰。以前這兒的水從來都沒有這樣清澈，這樣平靜。看到那個怪物，她嚇了一跳。每次伸長脖子喝水的時候，水裡那個傢伙就仰起臉來碰她，好像要把她喝下肚似的。

「你為什麼不到別的地方去呢？」她大聲說。那個傢伙張開嘴，說的也是這句話。愛可想到這個壞蛋居然敢模仿她，非常生氣，抬起兩條長腿，跺著腳，伸出喙啄那個傢伙。水面泛起層層漣漪，那個傢伙變成萬千水花，四散而去。她朝漸漸平靜下來的水面叫喊：「給你個教訓，看你還敢不敢取笑我！」

這時候，一隻巨蜥爬到愛可身邊，臉上掛著一絲譏諷的微笑。他一直躲在那潭碧水旁邊的小桉樹林裡看剛才這滑稽的一幕。愛可在水裡看見巨蜥，然後又看見他就在自己腳邊，簡直不敢相信自己的眼睛。

1 Echo，希臘神話中居於山林水澤的仙女，因先前遭天后赫拉（Hera）遷怒，罰她永遠不能說話，只能重複別人說的話。可憐的愛可單戀納西瑟斯（Narcissus），形容日漸枯槁，卻只能不斷重複對方說的話，徒留苦澀的回音（echo）。

「怎麼會這樣呢？」她氣喘吁吁地說，「你怎麼能把自己分成兩半，又合二為一呢？」

「那不是我，」巨蜥語帶嘲笑，指了指水裡的倒影說，「那只是我的倒影。」

「什麼？」

「倒影。」巨蜥又說了一遍。「當水面非常平靜的時候，水裡的影子就和你一模一樣。」

「你的意思是說，剛才化成無數碎片的那個傢伙是我？」鴯鶓不相信這是真的。她是那樣一隻美麗的大鳥。

「沒錯。」巨蜥一邊哈哈大笑，一邊拖著笨重的身子從那潭碧水旁邊走開，想趁機去偷鴯鶓的蛋，留下鴯鶓自己去解那個謎團。「試試看嘛！無論你做什麼，你的影子都會跟著你做。」

愛可只顧捕捉正在水中聚合的影子，全然沒有注意到巨蜥已經溜走。不過，正如巨蜥告訴他的那樣，每一次她伸脖子抬腿，或者眨眨那雙圓溜溜的眼睛，

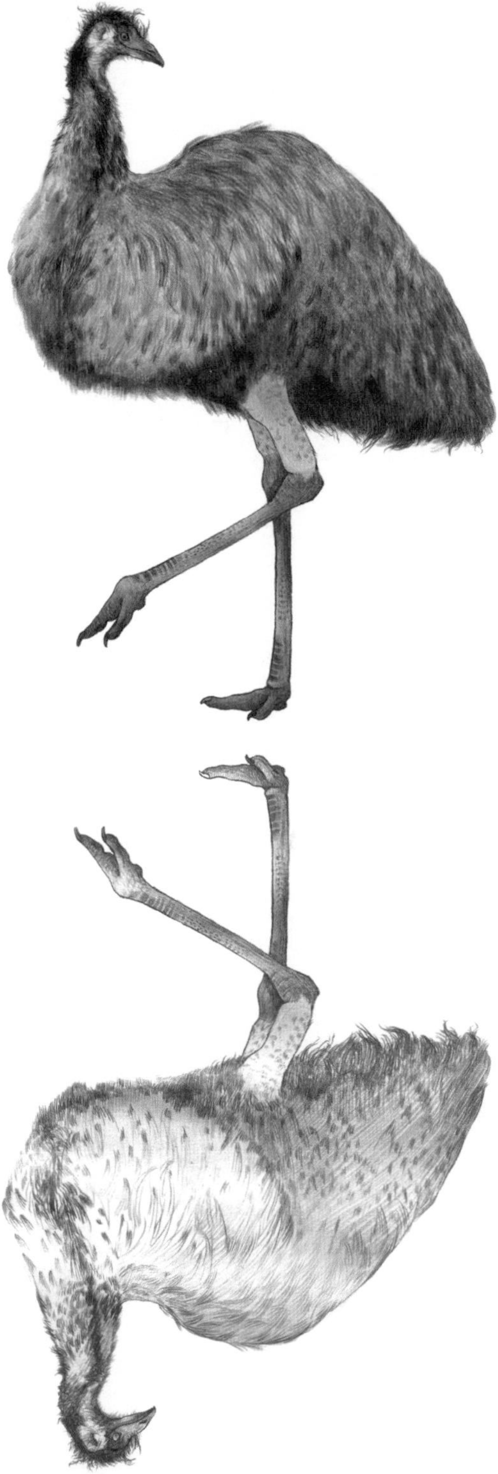

水裡那個傢伙也跟著她做完全一樣的動作。好像她的眼睛跑到身體外面，看著她自己。

「看著我。」她對水裡的影子嗚咽道。那個影子也從鏡面一般的水上對她說著同樣的話。「我一定是世界上最醜的鳥。」

她非常氣憤，爪子伸向水面，攪起朵朵水花，影子像風中的樹葉瑟瑟抖動著，驟然消失。「我甚至連一雙翅膀也沒有。」她叫喊著。水花漸漸平靜下來，影子的碎片像睡蓮葉那般輕輕跳盪，又重新合起，成為與她一模一樣的影像。「我怎麼會以為自己很漂亮呢？真不如死了算了！」

鴯鶓哭了起來。她激動不已，強忍住眼淚，在深潭泥濘的岸邊抬頭挺胸地走來走去，巨大的「斗篷」窸窸窣窣地響著。這時候，一道奇異的風景在碧水上慢慢展開。愛可看見另外一隻鳥——鳥中之王，正儀態萬千地從水面上走過。

「那才是我呢，」她心想，「看那美麗的長腿，既優雅又像岩石一樣結實。如果我這樣伸長脖子，就沒有人注意我的腦袋了。他們只會注意我的美腿。這可是世上一大奇觀。」

她轉過臉，希望能有人來分享她的喜悅。可是眼角的餘光讓她瞥見有個模糊的身影朝她的窩爬了過去。恐懼趕走虛榮，她拔腿就跑，把那潭碧水和水面上的影子拋到身後，衝向家裡那幾個還沒有出生的小寶寶。那是她生命中更重要的一部分。家裡應該有九個暗綠色的蛋，可是等她回去，窩裡空空如也，只剩下一些枝葉和芒草。她憤怒的叫喊聲響徹原野；那賊倉惶逃逸的身影還依稀可見。「我怎麼會懷疑自己這兩條腿呢？」她得意地說，搖著尾巴上的羽毛，去追那隻巨蜥。「等我抓住這個賊，一定要把他碎屍萬段。」

當巨蜥越來越靠近與小桉樹林相連的茂密灌木叢，他的力氣也快要耗盡。他不時回頭瞥一眼，看見鴯鶓熟悉的身影已經近在咫尺。他知道，必須趕快找到一棵樹爬上去，才能逃脫鴯鶓的一雙利爪。這時，愛可已經近在眼前，她縱身一躍，大地都顫動起來。渾身發抖的巨蜥被震顫著的大地彈到半空中，正好掉進一棵古老千層樹狹窄的樹洞裡。巨蜥連同偷來的蛋啪嗒一聲掉到洞底，周圍一片黑暗，雖然嚇了個半死，但平安無事。

愛可埋怨自己運氣不好，但憤怒並未稍減。她邁開巨大的弓步，衝向那棵千層樹。千層樹顫動了幾下，依然挺立著。她低頭看著自己的腿，然後看了看千層樹樹幹，上頭有她的爪痕。巨蜥會把她的蛋都吃掉的。她靠在樹洞旁邊啜泣起來，因為現在她一點辦法也沒有了。

她心神不定地在那裡站著的時候，一隻黃蜂螫了一下她能伸能縮的脖子。這一螫，她的脖子像彈簧一樣伸長，一直伸進那個樹洞裡。雖然黃蜂把她螫得很疼，但她很感謝他。受挫的虛榮心讓她忘記自己的長處，現在黃蜂提醒了她。

慢慢地，她的眼睛習慣了周遭的黑暗。沒多久，她就看見那幾顆深綠色的蛋，完好無損地放在樹洞裡。蛋旁邊，蜷縮著那個嚇壞了的賊。

儘管愛可的嘴可以啄到巨蜥，可是她並不滿足。她覺得只有用腿踹他才能解恨。於是，愛可小心翼翼把蛋從樹洞裡拿出來，放到樹根旁邊之後，她又把脖子往裡伸了伸，然後扭動著肥胖的身體，硬是擠到那個狹窄的樹洞裡。

剛才，巨蜥看到鴯鶓的喙和圓溜溜的眼睛，怕得要命，認為自己必死無疑。可是現在看見她正一點一點往樹洞裡擠，反而越來越開心。他甚至故意裝得非常害怕，希望能鼓勵她不要半途而廢。「別這樣，別用你的腿踩死我，求求你。」

「難道你認為你幹了這些壞事之後，我還會可憐你嗎？」愛可冷冰冰地回答道。儘管她自己並不覺得「冷冰冰」。不過她已經感覺到巨蜥的恐懼——非常害怕她那兩條強壯的腿。愛可努力控制住自己的聲音，說：「你已經失去生的希望！」

話剛說完，她整個身體已經鑽到樹洞裡，兩條腿在外面亂蹬著。她腦袋先著地，還沒分清東南西北，巨蜥便快速地爬了出去。

「你這隻笨鳥！」他嘲笑著，打碎放在樹根下的那幾個蛋。

愛可在樹洞裡終於轉過身子，顫巍巍地探出小腦袋。她無法閉上眼睛，只能眼巴巴地看著巨蜥把九個蛋吃了個精光。那個壞蛋吃完之後，心滿意足地舔了舔嘴唇，傲氣十足地從那棵大樹旁邊走開，消失在地平線上。愛可想，他說的沒錯。她想證明水中的影子不是自己，本來就是錯的。現在她為此付出了代價。

她掙扎著，想從樹洞裡鑽出來。但是正像小雞一旦從蛋殼裡孵出來，就很難再回去一樣，她是不可能再鑽出來了。朝樹洞裡鑽的時候，她已經變了一個模樣，現在逃走已經沒有意義。

愛可在樹洞裡站著，眺望無邊無際的桉樹林，心想，現在做什麼都於事無補了。物換星移，日子一天天過去。她不吃不喝，心如止水，正是映照出她身影的那潭碧水的寫照。她看見自己的倒影死去、變形，成為了一個女人，滿頭灰白的長髮，臉和脖子上布滿深深的皺紋。她像水一樣聰明，也像水一樣脆弱。她從樹林中走出來，有氣無力地站在皎潔的月光下，彷彿被生命的重負壓彎了腰。

農業的誕生

The Birth of Agriculture

他熱愛這塊土地，又被這塊土地束縛——
一個永遠擔心自己成為奴隸的主人。

卡瑪[1]不喜歡打架，他喜歡安安靜靜地吃東西。然而問題是，他最喜歡的垂枝桉樹樹梢，從來都沒有他的份。每天傍晚，當夜幕慢慢遮住天空的時候，他就聽見叢林裡那些心懷惡意的傢伙擠來擠去的聲音。並不是因為那裡沒有足夠的樹葉，只是因為有的樹葉比別的樹葉好吃。卡瑪親眼見到老朋友們從五十呎高的樹枝上掉下來，渾身顫抖跌落在地上。他看過他們身上無法癒合的傷口，見過他們身上再也無法長出毛的累累傷痕。但是，那些為樹葉無休止爭鬥而最終失敗的傢伙卻從來沒有認輸過，只有卡瑪放棄了。因為無尾熊卡瑪再也沒力氣、沒心情打架了。他的心也許想爬上高高的樹梢，但是他的身體仍然固守在下面的樹枝上，周圍都是垂枝桉樹層層疊疊的樹葉。那樹葉很大、很硬，也很苦，不過吃起來並不麻煩。奇妙的是，當其他無尾熊恐懼地叫喊著、從他身旁掉下去的時候，那樹葉好像突然之間變得很甜。

1 Karma，意為「業」。

但是那種甜非常短暫，就像無尾熊從樹上掉下來一樣，眨眼之間便又變得苦澀。卡瑪因此明白一個道理，不管是誰，如果身體在一個地方，心在另外一個地方，都不會活得長久。不過，他也許可以放棄打架，但是不管多麼努力，都無法克制自己對嫩葉的渴望。這種渴望像噩夢一樣纏繞著他，像長了爪子，撕扯著他的心。夜深人靜，密林深處，他引頸長鳴，開始和自己的心靈搏鬥。天空因為他的叫喊聲變得寂靜。「對了，」他心想，「這就是祕訣。」叫喊聲讓人無法忍受，它可以永遠飄落而不造成絲毫的傷痛。就這樣，無尾熊找到「遠距離作戰」的辦法。

第二天，時間過得那麼慢，慢得讓卡瑪無法忍受。為什麼他們非得要今天搬到另一棵樹上呢？並不是說搬遷對無尾熊來說有什麼不尋常。每隔幾天，無尾熊總要換個地方。只是為什麼非得是今天呢？他有了一個計畫，他已經找到那個祕訣了。不過話雖這麼說，也沒必要在一棵光禿禿的樹上當主人。

他不情願地加入那支淺灰色的「遷徙大軍」。他們從樹上跳下來，寬寬的臉緊張地抽搐著，黑鼻子嗅來嗅去，扶老攜幼，搖搖晃晃，笨手笨腳地走著，直到找到另外一棵小桉樹。然後，像一道灰色的流水，融入樹葉的大海。卡瑪永遠殿後，找到一根比別的樹枝都要細的樹枝，盡可能舒服地安頓下來。通常，這樣搬來搬去的時候，他總是一肚子氣。他永遠都搞不清楚，為什麼留給他的總是最不好的樹杈。可是今天他一點都不在乎，只是等待夜幕降臨。

換一棵樹總會讓無尾熊興奮一陣子。最好的桉樹枝似乎總是不耐煩地從樹梢向他們招手。夜色遲遲不肯降臨，老鷹在藍天下盤旋。他們雖然害怕同胞間的爭奪，但更怕這些凶殘的鳥。可是今天，那隻凶猛的老鷹似乎也少了幾分威力。太陽剛剛落下，無尾熊們就伸出爪子，輕輕鬆鬆地向樹梢爬去。卡瑪等他們開始打架之後，使出吃奶的力氣大聲叫喊起來。

「著火了！」他的聲音像火舌一樣舔著濃密的樹葉。「著火了！」

他只要說這三個字就夠了，因為正如星星之火可以燎原，大事都是小事引發的。此言一出，樹林裡立刻亂成一團。大難臨頭，無尾熊們忘了飢餓、仇恨、欲望、愛情，發了瘋似地從樹上跳下來，四散而逃。卡瑪躲在一根大樹枝上，等夥伴們的叫喊聲漸漸遠去後，不慌不忙地爬到樹梢，安安靜靜地吃起最嫩最香的樹葉。等到太陽升起，他已經「酒足飯飽」，舒舒服服躺在樹枝上進入夢鄉。他就這樣一連睡了好幾天。其他滿臉羞愧的無尾熊都在他下面，爭搶他吃剩了的那點嫩葉。等他醒來，大夥兒已經搬到另外一棵樹上。他們下定決心，絕不輕易上當。卡瑪得意洋洋地微笑著，開始計畫如何打好下一場不流血的戰爭。

他還是等待搬家的日子。自從「著火事件」過後，他變得勇敢了一點。不過看見他率領那支「灰白色的大軍」走過一片荒野，找到一棵枝繁葉茂的桉樹，還是有點出人意外。看到他舒舒服服坐在最高處的一根樹枝上，得意洋洋地看兄弟們從下面往上爬，就更讓人驚訝了。他好像花了好長時間才明白，這時候無尾熊們都不想打架。他們只想著天黑前，盡可能爬到最高處。等夜色漸濃，無尾熊們都舒舒服服在樹上坐好後，卡瑪突然大叫起來：

「蛇！」他的聲音彷彿帶著毒液，在空中迴盪。「蛇！」

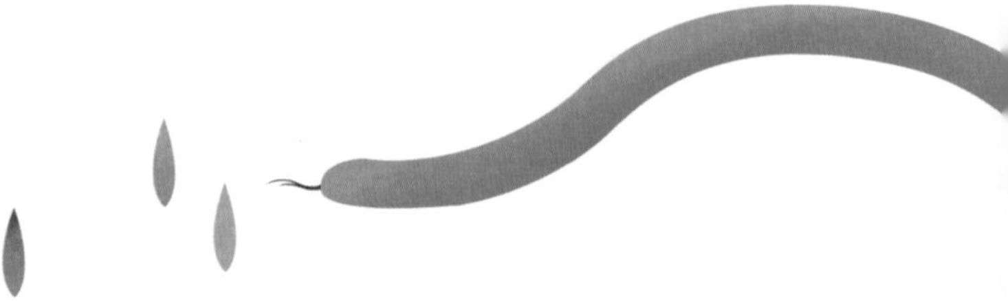

無尾熊們一聽，嚇得心驚膽跳，從樹枝上跳下來，落荒而逃。森林裡變得空空蕩蕩、寂靜無聲。卡瑪懶洋洋地朝樹梢爬去。他完全沉浸在成功的喜悅中，沒有馬上就去吃嫩葉。他喜歡盡情享受夜幕籠罩下的靜謐。後來，桉樹葉的清香勾起他的食欲。卡瑪又狼吞虎嚥地吃了起來。他一直吃到撐得難受，接著蒙頭大睡。一睡就是好幾天。

卡瑪因為一天到晚酣然大睡，所以不知道無尾熊們上當受騙之後都氣成什麼樣子。等到一場虛驚過去，再回到樹上之後，他們發現嫩葉都被他吃了個精光，都憤怒地罵他，幸虧他什麼也沒有聽見。等到他醒來，大夥兒的怒火已經平息，都懶洋洋地躺在樹枝上，不再跟他理論。「他們沒生氣，」他心想，「這事已經過去了。」卡瑪大獲全勝。他能夠面對那些受害者而毫不內疚。他又躺回光溜溜的樹枝上，在溫暖的陽光下打瞌睡。

這時候，一隻老鷹看見躺在光溜溜樹枝上睡覺的卡瑪，盤旋著飛了過來。

旁邊那棵樹上的一隻無尾熊把這一切都看在眼裡。他不知道該怎麼辦，便叫醒其他幾個夥伴。儘管大夥兒都寧願保持沉默，但也一致同意應該警告他。卡瑪應該受到懲罰，這一點毫無疑問，但是不應該以這種方式懲罰他。他們都見過楔尾鵰怎樣襲擊睡夢中的無尾熊，所以無論卡瑪怎麼壞，有多麼該受到懲罰，也不能坐視不管。

「卡瑪！」他們齊聲喊道，「快醒醒。」

「怎麼了？」卡瑪嚇了一跳，從睡夢中驚醒。

「天上有一隻老鷹。楔尾鵰！」

「你們以為我會相信嗎？」卡瑪呵呵地笑著說。他認為他們在騙他，不想讓他們如願。「我知道如果我抬起頭看天空，你們還會說什麼。」

「卡瑪！」他們都著急地叫喊起來。好像陷入危險的是他們自己，不是他。

此刻，楔尾鵰已經鎖定目標，伸出利爪向暴露在藍天之下的卡瑪俯衝過來。

卡瑪打了個呵欠，朝那幾隻無尾熊得意洋洋地微笑著，直到楔尾鵰的利爪抓住他的脖子，巨大的翅膀搧動著，把他壓在下面。

「我為什麼不相信他們的話呢？」他呻吟著說。「我怎麼會認為別人也會像我一樣說謊話呢？」

他的思想、呼吸和血肉一起被楔尾鵰撕得粉碎。要不是卡瑪的血一滴一滴地滴下來，在那棵樹葉已經被吃光的小桉樹下面流成一灘，下方的無尾熊們或許會以為這又是一場騙局。隨著時間流逝，那一灘血滲到泥土裡，結成厚厚的殼。後來從殼的中間長出一個沒有皮膚的人，血管像一棵大樹的枝杈一樣伸展開來。那個由血凝結而成的殼彷彿紅色的斗篷包裹住他，漸漸長出皮膚。他走路的時候，那皮膚會裂開，但不會變薄，只有花粉在他周圍飄灑。充滿敬畏之情的無尾熊們看他慢慢走進樹林，不知道他從哪裡來，到哪裡去。

卡瑪成為第一個農民。他熱愛這塊土地，又被這塊土地束縛——一個永遠擔心自己成為奴隸的主人。

伊卡魯斯的墜落

The Fall of Icarus

就像一個指南針掉到兩塊磁鐵之間，
他覺得自己同時被兩個方向的力量揪扯著，不停地旋轉。

伊卡魯斯[1]有個毛病：他老是拿不定主意。無論做什麼事，他總是覺得還有更好的選擇。當他環遊北海大陸棚時，對什麼都視而不見，心裡只想著南海溫暖的水。他是這世上最了不起的旅客，卻沒有從這壯遊中感受到一丁點快樂。他在每一個海洋都巡游過不下一千次，沒有一個海洋生物不嫉妒他。但是，誰也不曾意識到，這隻大白鯊只看未來，所以實際上什麼也看不見。

他的問題不僅僅表現在旅遊上。如果問題只是想要永遠處在行進的狀態，他完全可以應付自如。鯊魚生來就是要移動的，即便當他們靜候獵物，像是展開翅膀、掛在萬里雲天一動也不動的雄鷹，人們也依然覺得，是鯊魚在動，而不是巨大的洋流在奔湧。因為除了不斷移動，他們別無選擇。伊卡魯斯身長十二公尺，但是在水裡游動時，從來不起波瀾。他似乎是一個影子，海水之於

1 Icarus：希臘神話中戴德勒斯（Daedalus）之子，以其父製作的蠟翼飛離克里特島，其父逃脫。他因為不聽父親的警告，飛得太高，陽光融化蠟翼，墜海而亡。

他，就像行星劃過的太空。只消優雅地擺動尾巴，就足以游過大海。他就像洋流，幽藍、冰冷，要不是有時候突然縱身一躍，露出白色的肚皮，根本看不見他在水裡的蹤跡。而這一縷「魚肚白」對於水底世界每一條在縫隙裡躲藏的魚，都是一場噩夢，都是一記警鐘。這些海洋生物，無論什麼時候，想到死亡，就會想到伊卡魯斯。捕殺和移動一樣，是他的天性，而這也是他遇到的最大麻煩。因為，這個海洋裡最大的殺手打從出生起，就沒有填飽過肚子，他終將因為飢餓，慢慢死去。

問題出在哪裡呢？就出在伊卡魯斯總是拿不定主意該吃什麼。他會像幽靈一樣突然出現在一條魚下方，像鋸子一般游來游去。但是他從來不吃進肚子裡。他總是正要把這條魚嚥下去，又看見另一條更大的魚。結果吐出那條嚇昏了的、鮮血淋漓的魚，留給跟在後面的那個專吃腐肉的傢伙，他自顧自搖著肌肉發達的尾巴，又去追趕前面那個更大的獵物。五十年裡，他嘗過海洋裡所有生物的味道，可是沒有一個穿腸而過，進入他的胃中。

靜靜游動的時候，大白鯊相當欣賞自己生活的這個世界的美景。他想，天空中飛翔的鳥兒一定以為自己最自由，但是毫無疑問，鳥兒飛翔的時候一定會感覺到自己的重量，感覺到地球的引力。他相信，只有海洋裡的生物才知道真正的自由。在水裡游泳，他覺得輕如鴻毛，自由自在。就像那些躺在海底沙灘上曬太陽的魟魚，輕輕一碰，就倏然消失。大海裡總有他沒見過的新魚。那些七彩繽紛的小魚穿梭在隨洋流漂湧的水草密林裡，纖薄水草如肌肉般軟韌地彎腰屈身，像是被抽走堅硬骨幹的樹木。他在兩個世界游弋，腦袋在水面之下，巨大的鰭在水面之上，他覺得不管怎麼看跟兩邊都像相互連接著、擁抱著。伊卡魯斯喜歡讓眼睛停留在水天連接之處，一半在水上，一半在水下。每當他這麼做時，總會讓雙眼像地平線隆起般凸出，即使片刻之後視線就會開始顫動，他也樂此不疲。這種時刻就像是他在一條魚的兩片魚鱗間，意外地看到並非為他所展現的美景，那也許是命定給行星或星辰觀賞的。然後他察覺到，並非只有自己習以為常的世界才有其他隱藏生物共存。行動緩慢的生物像是蛤蠣和藤壺，一直都在水陸的縫隙間求生；未失躲藏習性的幼小生物則憑著直覺，就知道不同世界的間隙在哪。

但是這樣的美景並不多見，飢餓總是如影隨形。伊卡魯斯喜歡吃海上的浮游生物。每天早晨，陽光像墨水一樣融入大海的時候，他就大口大口地喝著海水。那些小小的生物聚集在他鋸齒般的牙縫裡，彷彿暴風雨中的沙丘。就在他要嚥下這一嘴美味時，一隻水母出現在他的視線裡。伊卡魯斯連忙吐出那口「微生物」，追了過去。「微生物」像被風吹散的蒲公英四散而去。伊卡魯斯一天的生活就以這樣熟悉的模式開始了。

水母嚇得渾身發抖，覺得自己必死無疑，可是接下來發生的事情簡直讓人難以置信。就在大白鯊可怕的牙齒咬住她的那一剎那，這位伊卡魯斯像箭一樣潛入水底。原來一隻披甲戴盔的龍蝦正在陽光下游弋。不過他還來不及把龍蝦吃進嘴裡，就發現了一條非常漂亮的胭脂魚。而胭脂魚又因為躺在海底沙灘上曬太陽的一條銀光閃閃的鯿魚突然出現躲過一劫。就在這時，一條鯰魚豎起鬍鬚，鼓著腮幫子與一團海草擦肩而過，吸引了大白鯊的注意力，救了鯿魚一命。伊卡魯斯眼花撩亂，腦子裡一團漿糊。鯰魚變成烏賊。烏賊像魔術師一樣從黑色墨汁袍子下變出一條條銀色的鯖魚。這些鯖魚加在一起足足有一條成年鯛魚大。而這時候，正好有一條鯛魚從大白鯊不知所措的鋸齒獠牙間匆匆忙忙游過。大白鯊的嘴好像封凍了一樣，怎麼也闔不上。先是一條石斑魚，然後是一條鮪魚，接著是一條鱸魚，都從他大張的嘴巴中間游過。鰻魚也不甘落後，宛如一支箭，從他的牙齒間嗖地穿過，然後像蛇一樣一路蜿蜒，在下方的岩縫裡消失得無影無蹤。大白鯊的嘴就這樣大張著，牙齒擺出一副要撕碎什麼東西的架勢，但總也咬不下去。到下午，就連大海龜和溫柔的海豚也毫髮無損，從他的利齒間游過。而他的肚子還空空如也。

當落日把淺灘的海水變成寶石藍的時候，海底像布滿落葉的林中空地，到處都是被魚兒吃剩的凌亂海草。伊卡魯斯下定決心，「下一條魚，不管是誰，我都要把它吃掉。」五十年來，每一天都是同樣的結果。所有大魚身上都有被大白鯊咬傷留下的疤痕。時至今日，一看到白光閃過，他們仍然嚇得發抖。但是他們也明白了一個道理：只要和大白鯊的利齒抗爭夠長的時間，就能夠逃脫覆滅的命運，因為伊卡魯斯總會遷怒於別的魚。

他們當然沒錯。伊卡魯斯根本不需要用眼睛細看，光從像岩羚羊一樣的皮膚攪起的漩渦，就知道一條劍魚近在咫尺。他也能聞出大尾虎鯊的氣味，還知道他正在吃白鰺。就像一個指南針掉到兩塊磁鐵之間，他覺得自己同時被兩個方向的力量揪扯著，旋轉，旋轉，不停地旋轉，直到痛苦、憤怒地咬住自己的尾巴，想把自己撕得粉碎。

渦流終於平靜之後，他滿腔悲憤，大吼道：「哦，我實在是太可悲了！」

落日收盡最後一縷乳白色的光，伊卡魯斯突然看見一個他從來沒有見過的東西。這個東西比他還大，但是像夜色一樣黑，像雲彩一樣柔軟，在海底不停地游動。那個傢伙似乎始終和他保持同樣的速度，但總是在前面一點點。那是一種很奇怪的感覺。他好像在觀看完全顛倒了的重力，一種從巨大的暴風雨雲團傾瀉而下的力量。他彷彿第一次看到海水充滿活力、不停地動著，他第一次感覺到大海千變萬化、無法理解、難以感知的狀態。他是在一種活的環境中游泳。大海是一個活物，造就了他，正如海螺的殼造就了海螺一樣。但是大海也需要他去造就它。這是一件非比尋常的事情，大海覺得伊卡魯斯是它的家，要在他身上找到歸宿感！

「我終於，」他嘆了一口氣，積聚起最後一點力氣，「終於明白了。」他明白，再也用不著去追尋別的魚了，此刻看到的那個東西就是他畢生的追求。

五十年來，他第一次在那個一動也不動的傢伙上方停了下來。魚兒從他身邊游過，他像沒看見一樣。飢餓一陣陣襲來，伊卡魯斯彷彿完全被大海的冷血控制。他朝下方那個巨大的黑影貪婪地俯衝過去。他張開大嘴、露出利齒，去咬那個毫不畏懼的傢伙黑色的皮膚，結果腦袋撞在海底的巨石上，大嘴斷成兩截。伊卡魯斯攻擊的是自己的影子！

他的身體沿著「裂紋線」碎裂，化為灰色的雲團。雲團露出一絲微笑，宛如一彎新月。一雙眼睛猶如遼闊夜空中閃爍的星。他漂到蒼茫的海面上。
伊卡魯斯變成第一個商人，滿嘴潔白的牙齒，一張嘴似乎永遠闔不上。

勝利之謬

The Paradox of the Champion

他有時候大得像一座山，有時候小得像一粒沙。
但總是不知疲倦地與風暴為伍。

阿基里斯[1]最喜歡打仗，卻總是找不到合適的對手。從出生起就是這樣。他個子太小，誰也不把他放在眼裡，就連他的影子也很小。傍晚，當太陽在毛鼻袋熊和袋鼠身後投下巨大的影子時，阿基里斯羞愧難當，只能逃之夭夭。他是世界上唯一影子比自己個頭還小的動物。

起初，他並不特別在意。許多螞蟻都自認為比他強。可是隨著時間流逝，他學會如何用自己的觸角把那些傢伙扎得發瘋，然後在關鍵時刻再給對方致命的一擊。現在他已經打遍天下無敵手，不但征服了同類中的英雄，還打敗了紅螞蟻、食肉螞蟻，甚至是公牛蟻。他聲名大噪，整個殖民地沒有一隻螞蟻敢接受他的挑戰。即使有誰敢挑釁，不費吹灰之力就戰勝對方，也無法為他帶來喜悅。一場穩操勝算的戰鬥確實不會令人興奮激動。沒有被打敗的可能性，戰鬥

1 Achilles：希臘神話人物，特洛伊一戰中名震天下的希臘英雄。兒時被母親放入冥河得以刀槍不入，但被母親抓住的腳跟並沒有獲此神力。後被特洛伊王子帕里斯（Paris）刺傷腳跟而死。

就不成其為戰鬥。他很早就明白這個道理。他無法忍受心中的焦躁不安，開始擊打岩石、樹木，甚至山坡。綠螞蟻阿基里斯幾乎要發瘋。若不趕快輸一場，他將就此死去。

有一天早晨，他拚命嘲笑自己的影子，想和它打一架。結果不知不覺跳到一隻正在睡覺的巨蜥肚子上。巨蜥動了一下，讓阿基里斯以為自己的影子活起來了。他正想跪拜上蒼，千恩萬謝，結果發現是自己誤認了。不過這種錯誤犯多了，他也不以為意，那一剎那，腦子裡倒是突然閃過一個念頭。他簡直無法相信自己以前為什麼那麼傻，沒想到這一點呢？他根本就沒有理由非和自己的同類——螞蟻打仗。明白這一點之後，世界在阿基里斯眼裡頓時變成一個充滿無限快樂的大戰場。他的目光不論落到哪兒，都能夠看到一種「競爭機制」；他想到的每一個對手，都有打敗他的可能。他高興極了，真想吻一吻巨蜥。他的快樂還不止於感恩。他認為，巨蜥給了他新的生命。阿基里斯覺得對於這份厚禮，最好的回報就是跟他打一架。

於是，阿基里斯爬到巨蜥腦袋上，在他耳朵後面狠狠叮了一口。

「怎麼回事？」巨蜥疼得叫了起來。

「是我！」綠螞蟻一邊大聲叫喊，一邊跳到地上。

「我一定是瘋了，」巨蜥自言自語，「我什麼也沒有看見呀！」

「我在這兒呢，傻瓜，」螞蟻生氣地叫喊著，「是我，綠螞蟻阿基里斯。我是來向你挑戰的。」

巨蜥笑了起來。「我連你在哪裡都看不見，怎麼接受你的挑戰呢？快走開，你這隻瘋螞蟻。別打攪我！我現在不踩你，算你走運。」他又笑了起來。「不過你要是不趕快躲開，我可就不客氣了。」

巨蜥脾氣很好，不愛記仇，已經把耳朵後面的疼痛拋到腦後，咯咯咯地笑著，轉身慢慢走開。阿基里斯滿臉羞愧，跳到巨蜥的尾巴上，開始叮他的背脊和肚子。那可憐的傢伙疼得要命，先是用尾巴抽打自己，後來又在泥土裡打滾，但是無論他怎樣拚命掙扎，也甩不掉身上那隻綠螞蟻。那個小東西沒完沒了地叮著他，似乎把火燒火燎的毒汁不斷注入他的骨髓。

「停！」他終於喊叫了起來，「停下來，求求你！」

阿基里斯停了下來，爬到巨蜥耳朵旁邊。「聽著，」他壓低嗓門冷冷地說，「我可以停下，但你要發誓，永遠不要嘲笑我。還要告訴全世界，我是怎樣一位英雄。」

「我答應，我答應。」巨蜥嗚嗚咽咽地說。鎮定下來之後，他用兩條後腿直立起來，大聲說：「天上飛翔、地上行走、水裡漫游的所有兄弟姊妹們！」他的脖子鼓得像口鐘，不停地震顫著。「綠螞蟻阿基里斯是世界上最偉大的戰士！」

取得勝利的阿基里斯從巨蜥的耳朵裡跳出來，跳到頭頂上他認為是樹枝的東西上。他覺得自己像樹一樣高。經過今天的戰鬥，誰也不能再說他小了。他正想嘲笑巨蜥幾句，作為臨別留言，突然覺得那「樹皮」發出咯咯的聲響。他嚇了一跳，低頭一看，他根本不是落在樹枝之上，而是落在一隻很大的黑蜘蛛的網上。一股畏縮的感覺湧上他心頭。巨蜥比蜘蛛大一千倍，但奇怪的是，他居然因為這點不同而有點害怕。蜘蛛的個頭雖然和他相差無幾，卻能把這隻綠螞蟻「看個仔細」。阿基里斯從蜘蛛眼裡看到一種凶殘，不由得打了個寒顫。他現在想跳也跳不起來。他的小腳已經被蛛絲緊緊纏住，只能伸出兩根觸角，準備迎戰步步進逼的黑蜘蛛。

誰也沒有說話。事實上，也沒有什麼好說的。阿基里斯意識到，他唯一的機會就在於他從蛛絲中逃脫的能力。他等待著，直到蜘蛛的身影像浪濤般遮住了他。他看見蜘蛛的毒牙從他頭頂劃過，毒液像血一樣，流到球狀囊裡。然後，他趁蜘蛛低頭彎腰抬起毛茸茸的後腿時，伸出自己的「手」緊抓不放，完全貼在敵人的身上。

阿基里斯又一次為自己的嬌小而感謝造物主。他和那隻蜘蛛的顏色幾乎完全一樣，所以可以利用身體作為掩護自己的屏障。他在蜘蛛滿身黑毛的「叢林」中爬行，而且同樣可以用自己的毒針發起攻擊。蜘蛛非常生氣。他能感覺到螞蟻在他身上爬來爬去，把他刺得渾身上下火燒火燎，可是看不見他在哪裡。蜘蛛張開大嘴，正想吃阿基里斯，他卻已經逃走了。他的毒針總是比蜘蛛的毒牙先行一步。

螞蟻其實很喜歡這樣的戰鬥，蜘蛛卻覺得這是難以忍受的折磨。他疼痛難當，無法抑制心中的怒火，發了瘋似地折騰自己。他想殺死趴在身上的螞蟻，就用毒牙咬自己，全然不管這麼做是否會置自己於死地。

阿基里斯以前從來沒有見過一個對手會這樣折磨自己。他喜歡打仗，但不想看到對手為了贏得勝利先把自己弄死。蜘蛛的毒牙從上方胡亂咬下來。綠螞蟻知道，他如果不趕快從蜘蛛身上跳下來，遲早會被他咬住。他心想，反正已經贏了，只是因為心裡有氣，才待在他身上。綠蜘蛛阿基里斯想到這，便縱身一躍，從蜘蛛的背上跳下來，落到地上。他勝利了，儘管看起來不像打了勝仗。

這時候，一條紅腹黑蛇懶洋洋地爬過落葉覆蓋的空地。他看到綠螞蟻從蜘蛛網上跳下來，覺得很好玩。

「你這個傢伙運氣真不錯。」他吃吃地笑著說。

「你這話是什麼意思？」阿基里斯覺得蛇在挑釁，挺起胸膛說。

「我是說你剛才做的事情！我還沒有見過你們這些螞蟻能夠從蜘蛛網上逃走呢！」

「逃走？」阿基里斯聽了，氣得渾身打顫。「我才沒有逃呢！你難道沒看到我剛才怎麼收拾那個傢伙嗎？」

「別搞笑了！螞蟻從蜘蛛身邊逃走也不為過呀！」

「但是我不是逃走的呀！」阿基里斯非常生氣，他必須讓蛇相信他的話。「我從來不逃。你去問問巨蜥，我是世界上最偉大的戰士。」

「你愛怎麼說就怎麼說吧。」紅腹黑蛇懶得再跟他費唇舌。他已經不覺得這隻綠螞蟻有什麼好玩的了。「如果你非要說像你這樣一個塵埃似的小東西是世界上最偉大的戰士，那我還能說什麼呢？好了，別擋我的路。當心我把你踩得比現在還扁。」

「你叫我什麼？」阿基里斯不由得怒火中燒。蛇不相信他的話已經夠糟的了，現在又取笑他的個頭，他頓時覺得怒火中燒。他打敗了蜘蛛，難道不是嗎？他像樹一樣高。「沒有人敢跟我這樣說話。也許該讓你嘗嘗『小東西』的厲害了。」

綠螞蟻抬頭挺胸地爬到紅腹黑蛇腦袋上的時候，這條毒蛇強忍著沒有笑出聲來。但是他很快就把笑聲吞進肚子裡。阿基里斯爬到蛇的鱗甲之間，把毒針刺到他細嫩的皮肉上，一動也不動，就那樣叮著、咬著。

蛇痛得要命，發了瘋似地扭動著身子。可是無論他怎麼用尾巴抽打自己，都覺得有一股火在他身上燃燒。他怎麼也甩不掉身上那個「小東西」。

「停下！」他叫喊著，「對不起。只要你不再燒這把火，要我做什麼都行。」

阿基里斯好像什麼也沒有聽見。他已經不再是和蛇打仗。他叮著那個拚命扭動的傢伙的紅肚子，火越燒越大。阿基里斯自己也在燃燒。這股火一旦燃起，就不會熄滅。

紅腹黑蛇嚎叫著，翻滾著，拍打著自己。但是做什麼也無濟於事。他由裡到外燃燒，像一道閃電劃過叢林，穿越整個大陸，來到懸崖邊。懸崖下是碧波萬里的大海，他還來不及想，便跳進大海。岩石和他一起燃燒，落到水面上的時候，除了綠螞蟻阿基里斯，一切都化為烏有。

阿基里斯沒有感覺到海水緊緊包裹著自己，也沒有感覺到大海為了馴服火焰蒸騰而起的巨大氣浪。蒸汽變涼之後，飄到山崖之上，風把他塑造成人的形狀，一朵白雲飄上天空。他可以隨意變化，有時候大得像一座山，有時候小得像一粒沙。但總是不知疲倦地與風暴為伍。

阿基里斯變成了第一個魔術師（或是牧師，或者是科學家，誰知道呢？）。儘管他像鏡子一樣易碎，但每天都會用世上無所不在的第五元素[2]重新塑造自己。

2 quintessence：被視為地、水、火、風以外構成宇宙的元素。

悲傷是這樣誕生的

The Garden of Sorrows

作　　者　約翰・休斯（John Hughes）
譯　　者　李　堯
繪　　者　馬曉羽
封面設計　莊謹銘
內頁構成　高巧怡
內頁排版　歐陽碧智
校　　對　魏秋綢
行銷企劃　林芳如
行銷統籌　駱漢琦
業務發行　邱紹溢
業務統籌　郭其彬
責任編輯　溫芳蘭
副總編輯　何維民
總 編 輯　李亞南

發 行 人　蘇拾平
出　　版　漫遊者文化事業股份有限公司
地　　址　台北市松山區復興北路三三一號四樓
電　　話　(02) 2715-2022
傳　　真　(02) 2715-2021
讀者服務信箱　service@azothbooks.com
漫遊者臉書　www.facebook.com/azothbooks.read
劃撥帳號　50022001
戶名　漫遊者文化事業股份有限公司

發　　行　大雁文化事業股份有限公司
地　　址　台北市松山區復興北路三三三號十一樓之四

初版一刷　2016 年 12 月
定　　價　台幣 290 元
I S B N　978-986-93709-7-4

國家圖書館出版品預行編目（CIP）資料

悲傷是這樣誕生的 / 約翰・休斯（John Hughes）著；李堯譯 . -- 初版 . -- 臺北市：漫遊者文化出版：大雁文化發行，2016.12
面； 公分
譯自：The garden of sorrows
ISBN 978-986-93709-7-4（平裝）

887.157 105020846